CHAQUE PIÈCE, 20 CENTIMES.
136 — 137· LIVRAISONS.

THÉÂTRE CONTEMPORAIN ILLUSTRÉ

MICHEL LÉVY FRÈRES, ÉDITEURS,
RUE VIVIENNE, 2 BIS.

LA BOISIÈRE

DRAME EN CINQ ACTES

PAR

MM. THÉODORE BARRIÈRE ET JAIME FILS

REPRÉSENTÉ, POUR LA PREMIÈRE FOIS, À PARIS, SUR LE THÉÂTRE DE LA GAITÉ, LE 2 MARS 1855.

DISTRIBUTION DE LA PIÈCE

RÉNÉ NOIREL...................... MM. LACRESSONNIÈRE.	JEANNE, sa fille, Boisière............ Mmes NAPTAL-ARNAULT
SYLVAIN GRINCHEUX, Boisier....... FRANCISQUE JEUNE	LOUISE DE MARENNES................ LACRESSONNIÈRE.
JULES DE MONTFLANQUIN.......... GOUJET.	BELLOTTE TAUPIER, Boisière......... LÉONTINE.
SAINT-LAURENT,) amis de Mont- (E. BONDOIS.	LA GOULEUSE, Boisière.............. ROSE MAYER.
HENRI DE FONTENAY,) flanquin. (LEQUIEN.	
JOLIVET, agent de change............. BLOT.	
LE PÈRE MATHIAS, ménétrier......... GALABERT.	
LE GARDE FORESTIER.............. EUGÈNE PÉPIN.	
UN DOMESTIQUE DE SAINT-LAURENT. DUBOIS.	
MARGUERITE PROVINS, Boisière...... Mme LAMBQUIN.	

Boisiers, Boisières, Invités, Domestiques, Ouvreuses de loges, une
Bouquetière, un Chasseur, plusieurs Bourgeois.

Les deux premiers actes, à Saint-Sauveur (Basses-Pyrénées); le troisième, au théâtre des Italiens; le quatrième, à Chaillot; le cinquième, à Paris.

ACTE I.

A droite, une chaumière ouverte en vue du public, tenant le tiers du théâtre et se perdant dans la coulisse de droite. Fenêtre, grande cheminée à gauche. Porte donnant sur un petit jardin fermé par une claire-voie. Au deuxième plan, la lisière de la forêt dont l'entrée est praticable pendant quelques pas, et dont la suite se perd dans la coulisse et à l'horizon où elle encaisse le village de Saint-Sauveur. Un chemin praticable passe devant la fenêtre de la chaumière.

SCÈNE I.

LA GOULEUSE, LE GARDE, BOISIERS, BOISIÈRES.
Au lever du rideau, des Boisiers descendent du hameau, d'autres viennent par la route.

LA GOULEUSE, *sortant de la forêt.*

Oh! hé! les boisiers... oh! hé! les boisières... nous aurons tout de même des fagots, la neige n'a point tenu dans le bois.

PLUSIEURS BOISIÈRES, *à la cantonade.*

Par ici... par ici... (*Plusieurs Boisiers et Boisières arrivent par la droite, le garde sort de la forêt.*)

LE GARDE, *sortant de la forêt et les imitant.*

Par ici... par ici... tas de criards, va! (*Pendant la scène, les hommes ont fait du feu, et tout le monde se place à l'entour.*)

LA GOULEUSE.

Ah! v'là le père Sournois; il est encore plus laid aujourd'hui qu'hier.

LE GARDE.

C'est bon... quand on est garde champêtre, on n'a pas besoin d'être beau. Le pouvoir tient lieu de physique... à preuve, c'est que si je t'ordonnais de m'embrasser...

LA GOULEUSE.

Moi!...

LE GARDE.

T'obéirais... (*Il va pour l'embrasser, elle lui donne un soufflet.*)

LA GOULEUSE.

V'lan... (*Les Boisières sont descendues. On rit.*)

LE GARDE.

Je te dresse procès-verbal.

TOUTES.

Oh! oh!

LA GOULEUSE.

Parce que je veux pas t'embrasser?...

LE GARDE.

Ça me fait souvenir que t'as coupé du bois au lieu de le casser.

LA GOULEUSE.

Moi! Seigneur de Dieu!

LE GARDE.

Oui, toi, Seigneur de Dieu! et la première que j'attraperai un couteau à la main... v'lan, procès-verbal! M. de Montflanquin l'entend ainsi.

SCÈNE II.

LES MÊMES, BELLOTTE, *puis* GRINCHEUX.

BELLOTTE, *entrant sur les derniers mots, au Garde.*

Qui ça, ton Flandrin?

LE GARDE, *sévèrement.*

De Montflanquin, mademoiselle Bellotte Taupier.

BELLOTTE, *s'inclinant.*

Faites excuse, père Cliquet... (*Changeant de ton.*) Et qui que c'est que c't'original-là?

LE GARDE, *en colère.*

Cet original-là... c'est le nouveau maître du château de Saint-Sauveur (*il désigne l'horizon, et s'aperçoit qu'il n'est pas en vue*), que l'on ne voit point d'ici... C'est notre maître, entendez-vous, cet original-là!

BELLOTTE.

Eh ben! dites donc, s'il vous entendait!

LA GOULEUSE.

C'est vrai que vous l'arrangez joliment! (*On rit.*)

LE GARDE.

C'est bon! c'est bon! en attendant, tenez-vous ben, car M. de Montflanquin est arrivé tout fraîchement d'avant-z-hier avec une troupe de Parisiens. Ils venont chasser dans la forêt, et je voulons faire mon devoir. Tant plus qu'il y aura des délinquants, et tant plus qu'il dira: J'ai un bon garde... T'entends ça, la Bellotte?...

BELLOTTE.

Moi? oh! j'crains rien, faut m'y voir... Tenez, je prends une branche, et si elle ne fait pas claque, tout de suite, rien qu'en la regardant, je me dis: C'te branche-là, elle est verte... (*A part, montrant son couteau.*) Faut la couper.

LE GARDE.

A la bonne heure! prenez exemple sur elle... (*A Bellotte.*) Quoique ça, si tu voulais ben que je t'embrassions, tu pourrais couper.

BELLOTTE.

Merci! je ne coupe pas là-dedans...

LA GOULEUSE.

T'as raison... fais comme moi... sous prétexte qu'il est garde champêtre... il veut toutes nous embrasser ce s'rin-là...

BELLOTTE.

Et puis... que dirait Grincheux?

LA GOULEUSE.

Tiens! à propos, où donc qu'il est?

BELLOTTE.

Oh! il ne doit pas être loin, allez, il pleure dans quelque coin...

LA GOULEUSE.

Drôle d'amoureux que t'as là... en v'là un arrosoir!...

BELLOTTE.

Hein! est-il achalant? Après ça, ce pauvre garçon, il m'aime tant!

LA GOULEUSE, *riant.*

Et tu l'aimes si peu!

GRINCHEUX, *entrant en pleurant et se grattant la tête.*

Ah! ah! ah! (*Son entrée est saluée par d'unanimes éclats de rire. Grincheux s'arrête un instant, regarde autour de lui et recommence ses gémissements.*

BELLOTTE.

Veux-tu te taire, nigaud! (*Elle le secoue. Grincheux pleure une octave plus haut.*) Voyons! pourquoi pleures-tu?

GRINCHEUX.

Je vous aime, Bellotte!...

BELLOTTE.

Je sais ça...

GRINCHEUX.

Et vous ne m'aimez pas, Bellotte!

BELLOTTE.

Je sais ça aussi... (*Grincheux la regarde un instant, puis tout à coup se remet à hurler. Bellotte lui tourne le dos.*)

LA GOULEUSE.

Ah çà, mais, et Jeanne, et Marguerite, où sont elles donc?...

BELLOTTE.

L'oiselle et sa couvée sont dénichées depuis longtemps; la mère et la fille étaient drès six heures à l'église.

LA GOULEUSE.

Pourquoi faire?

BELLOTTE.

Mais, pour remercier le bon Dieu d'avoir rendu la santé à Jeanne, qui a été si affaiblie au commencement de cet hiver... Quand je pense au désespoir de c'te pauvre Marguerite en voyant sa fille toute en fièvre, ça me fond le cœur, foi de boisière!...

GRINCHEUX.

En voilà deux êtres qui s'aiment! (*A Bellotte avec reproche.*) Jeanne! v'là une fille qui a du cœur!

LA GOULEUSE.

Les garçons n'en savent rien, toujours!

GRINCHEUX.

Non, c'est vrai! mais elle aime sa mère, tandis que vous...

BELLOTTE, *un peu tristement.*

Je n'ai jamais connu la mienne...

GRINCHEUX.

Mais on aime quelque chose, au moins.

BELLOTTE, *riant.*

Eh ben! j'aime les pommes...

GRINCHEUX, *rageant.*

Ah! oui! que vous les aimez, les pommes, fille d'Ève...

BELLOTTE.

Allons, pleure, et laisse-nous tranquilles.

LE GARDE.

Ah çà, c'est donc vrai qu'elles aviont été à leur aise, ces boisières-là?

BELLOTTE.

A leur aise? j'crois ben, à preuve qu'elles avaient du côté de Manerville une ferme que si Grincheux en avait une comme ça, je l'épouserais tout de suite...

GRINCHEUX, *rageant.*

Il y avait donc des pommiers?

BELLOTTE.

Mais un jour... il y a treize ans de ça, j'étais ben petite, mais je ne l'ai pas oublié... un jour... c'est-à-dire une nuit, le feu a pris aux granges qu'en un instant tout était en flammes... on avait emporté Marguerite, mais on avait oublié Jeanne dans son berceau; la pauvre mère la croyait sauvée comme elle; fallait entendre ses cris... elle était quasi folle... tout à coup, elle s'élance dans la ferme embrasée; on ce moment une partie de la toiture s'écroule, et l'on ne voit plus Marguerite... on priait déjà pour le repos de son âme... mais la bonne Vierge veillait sur elle... car au bout d'une minute, Marguerite reparaissait avec son enfant dans ses bras... (*Les larmes la gagnent, elle change tout à coup de ton, et dit gaiement.*) Voilà comment elles sont devenues boisières...

GRINCHEUX, *pleurant.*

Pauvres femmes!

BELLOTTE, *s'essuyant les yeux et gaiement.*

T'es ben content d'avoir un prétexte pour pleurer, toi!

LE GARDE.

Qué dommage que Grincheux n'étions point à l'incendie d'la ferme à Marguerite Provins, il aurait tout éteint, rien qu'en regardant.

GRINCHEUX, *rageant.*

Qu'est-ce que tu dis, toi? imbéci...

LE GARDE.

Qué que c'est?

GRINCHEUX.

Rien.

LA GOULEUSE.

Allons, les boisières: il est temps d'aller au travail, mais, en même temps, souvenez-vous que c'est la fête à Jeanne, aujourd' d'hui, et què, grâce au bon Dieu, il y a des coquettes et des perce-neige. (*Tous se disposent à partir. — On emporte le feu.*)

LE GARDE.

Et autant de bois vert, autant de procès-verbal... (*A Bellotte.*) Excepté pour toi, si tu veux m'embrasser.

GRINCHEUX.

Qu'est-ce qu'il dit?

BELLOTTE, *riant.*

Il dit qu'il veut m'embrasser.

GRINCHEUX.

Qu'il s'en avise! je lui passe son fusil au travers du corps..

LA GOULEUSE.

Et tu feras bien...

LE GARDE, *embrassant Bellotte.*

Essaye donc!... (*Embrassant la Gouleuse.*) Approuve-le donc!...

GRINCHEUX.

Ah! si tu n'étais pas armé!... (*Il se remet à pleurer. Les Boisières entrent dans la forêt. le Garde s'éloigne par la droite en poursuivant la Gouleuse qui lui redonne un soufflet. Bellotte va suivre les Boisières, Grincheux s'attache à ses jupes.*)

SCÈNE III.

GRINCHEUX, BELLOTTE.

BELLOTTE, *voulant se dégager.*

Grincheux, lâche mes jupes...

GRINCHEUX.

Eh ben, non, quand ben même qu'elles devraient me rester dans les mains.

BELLOTTE.

Qué que tu veux encore?

GRINCHEUX.

Mais toujours la même chose... Bellotte, aime-moi, dis, veux-tu?

BELLOTTE.

J' peux pas, mon pauvre Sylvain... jamais j' n'épouserai un paysan... je suis 'rop mignonne pour ça... Il me faut un monsieur de la ville, avec des sabots qui reluisent, et des breloques qui fassent drelin... comme les sonnettes de notre âne!...

GRINCHEUX.

Des breloques!...

BELLOTTE.

Que veux-tu? j'ai de l'ambition... l'ambition me dessèche.

GRINCHEUX.

Il vous faudrait un René Noirel, pas vrai?

BELLOTTE.

Hé! hé! il est gentil, je ne dis pas...

GRINCHEUX.

Oh! ne dis pas que tu ne dis pas!

BELLOTTE.

Il m'a regardée hier d'une certaine façon...

GRINCHEUX.

Oh! si t'étais pas une femme!

BELLOTTE.

Je crois même qu'il m'a fait les doux yeux...

GRINCHEUX.

Oh! s'il n'était pas un homme!...

BELLOTTE.

Et si je voulais ben...

GRINCHEUX.

L'épouser... lui! un garnement qui n'est pas tant 'seulement capable de nouer une botte de foin... qu'en avait dans ses sabots et qu'a tout mangé à Paris pour faire le beau auprès d'une comtesse... une nommée Louise de Marennes, qui s'est moquée de lui, si bien qu'il est revenu il y a six mois au pays sans un sou de tout l'avoir de son père défunt, et pas seulement assez à temps pour fermer les yeux de sa pauvre vieille mère...

BELLOTTE.

Oui, c'est vrai, ça...

GRINCHEUX.

Et tu voudrais être la femme de René Noirel?...

BELLOTTE.

Eh! non! bête... c'est pour rire... Sois donc tranquille... je ne l'aime pas plus que toi.

GRINCHEUX, *pleurant presque.*

Comme c'est gentil ce que tu me dis là...

BELLOTTE.

V'là que tu vas recommencer!...

GRINCHEUX, *pleurant.*

Pardine... puisque tu ne veux pas finir...

BELLOTTE.

Tout ça c'est des contes; j' vas casser du bois dans la forêt de monsieur de Montflanquin.

GRINCHEUX.

A la bonne heure!...

BELLOTTE, *riant.*

En attendant que j'en casse dans la mienne... (*Elle entre dans la forêt.*)

SCÈNE IV.

GRINCHEUX, *seul.*

Oh! mon patron, ôtez-moi c' t'amour-là, et je vous brûlerai un cierge de dix sous! S'il est possible de voir une jeunesse si affolée d'ambition!... Oh! chien d'amour!... C'est qu'y n'y a pas à dire... il est sûr et certain que son mari sera bien à plaindre, et pourtant, je le sens là, je ne pourrai jamais en courtiser une autre! je ne crois pas, du moins. Après ça, j'ai jamais essayé... Tiens! mais c'est une idée, ça!... Si j'essayais d'aimer autre part... ça me guérirait peut-être. Oui, c'est bien décidé... Après tout, il y en a d'aucunes qui la valent bien... elle n'est pas déjà si belle... Bellotte... Ce que c'est pourtant que de se raisonner un peu!... Sylvain, tu n'aimeras plus Bellotte... (*mettant la main sur son cœur*) plus du tout... Bien vrai?... Parole d'honneur... (*Tendant la main gauche.*) Tope là!... (*Tapant dedans avec la main droite.*) Ça y est... une, deux, trois, je ne l'aime plus, et... (*soupirant*) je vas en cajoler une autre... Cajolons!... cajolons!... mais qui?... la Gouleuse?... elle a un homme... Manette?... Ah! Manette en a deux!... Jeanne? Jeanne! la fille à Marguerite?... Tiens! pourquoi pas? L'autre fois, à la veillée, elle m'a dit comme ça, à propos de rien : « Mon Dieu, Grincheux, êtes-vous godiche!... » Et une jeunesse dit ça : êtes-vous godiche! c'est une avance, dame!... Justement la v'là avec sa mère... essayons!...

SCÈNE V.

GRINCHEUX, MARGUERITE, JEANNE, *entrant sans le voir, en descendant la montagne du fond.*

MARGUERITE.

Vite, vite, mon enfant, rentrons... tu dois avoir bien froid...

JEANNE.

Non mère, je t'assure, je me sens très-bien.

MARGUERITE.

Bien vrai! tu ne souffres pas?

JEANNE.

Pas du tout, mère...

MARGUERITE.

Ah! dame! j'ai prié si bien le bon Dieu pour qu'elle ne souffrît plus, ma Jeanne, mon trésor!...

JEANNE, *la serrant contre son cœur.*

Bonne mère!...

GRINCHEUX, *à part.*

Sont-elles mielleuses!... sont-elles mielleuses!... et Jeanne, est-elle assez brave?... Voilà la femme qu'il me faut.

MARGUERITE.

Entrons vite, je vais allumer un bon feu... (*Elle ouvre la porte de la chaumière.*)

GRINCHEUX, *avec un rire moqueur.*

Et quand je pense que j'ai pu aimer cette Bellotte!... étais-je bête!...

MARGUERITE, *l'apercevant.*

Tiens! c'est Sylvain! Bonjour, mon garçon...

GRINCHEUX.

Bonjour, madame Marguerite...

MARGUERITE, *sur le seuil.*

Madame! pourquoi m'appelles-tu madame? est-ce que je ne suis pas une boisière comme les autres?

GRINCHEUX.

Non, que vous n'êtes pas une boisière comme les autres, car vous et mademoiselle Jeanne, malgré votre pauvreté, vous trouvez encore le moyen de faire le bien à plus pauvre que vous... Aussi, que vous êtes aimée, respectée; aussi que l'on serait fier d'entrer...

MARGUERITE, *elle entre et s'occupe à arranger le feu, sans le regarder.*

Entre, mon garçon, entre et ferme la porte.

GRINCHEUX.

Oui, madame Marguerite. (*Il entre avec Jeanne, qui a regardé partout. Continuant.*) Oui, que l'on serait fier... (*Marguerite, qui ne l'écoute pas, disparaît un instant par le fond de la cabane, à droite. — A part.*) Non, cajolons la fille d'abord... Ah! mamzell' J·anne !... (*Jeanne a entr'ouvert la fenêtre et regarde dans la campagne, en semblant chercher quelqu'un des yeux.*)

JEANNE, *distraite.*

Mon ami!...

GRINCHEUX.

Ah! si vous vouliez! foi de Grincheux, ça serait bientôt fait !.. (*S'excitant.*) Ça s'est vu...

JEANNE *a refermé la fenêtre, elle redescend. A part.*

Il ne nous a pas suivies !

GRINCHEUX.

Il n'y aurait rien d'extraordinaire à cela...

JEANNE.

A quoi, Sylvain?

GRINCHEUX.

Je dis que ça s'est vu souvent... qu'un jour... tout à coup... un brave garçon et une jolie fille, une brave fille... et un joli garçon...

JEANNE.

Que voulez-vous dire?

GRINCHEUX, *commençant à pleurer.*

Rien, rien, mamzelle Jeanne, c'est une supposition, une farce... (*A part.*) C'est pus fort que moi, j'peux pas en cajoler une autre! (*A Jeanne.*) Adieu, mamzelle Jeanne... (*Pleurant et refermant la porte.*) Ah! chien d'amour, j'vas retrouver Bellotte. (*Il sort en courant.*)

JEANNE, *à part.*

Il est fou! (*Marguerite est rentrée avec une brassée de sarment qu'elle a jeté dans l'âtre.*)

SCÈNE VI.

MARGUERITE, JEANNE, *dans la chaumière.*

MARGUERITE.

Voilà qui est fait! maintenant, assieds-toi là, mon enfant, dans mon grand fauteuil... tu n'iras pas ramasser du bois aujourd'hui... tu es encore trop faible.

JEANNE.

Mais, au contraire, jamais je ne fus si forte !...

MARGUERITE.

Ta, ta, ta, ta. Votre mère sait mieux que vous comment vous vous portez, mademoiselle... vous êtes toute pâlotte !

JEANNE, *se défendant.*

Non, je ne veux pas...

MARGUERITE.

Je ne veux pas! Qu'est-ce que c'est que ça, mademoiselle? (*Elle l'embrasse.*)

JEANNE.

Ma chérie, il y a assez longtemps que tu me dorlotes, tu me rendras paresseuse, vois-tu !... et puis... (*Elle a pris la main de sa mère, l'a regardée, et des larmes lui coupent la parole.*)

MARGUERITE, *inquiète.*

Tu pleures, mon enfant?

JEANNE.

Eh bien, oui! je pleure en voyant tes pauvres mains ridées, flétries par le travail... tandis que les miennes sont douces comme celles d'une demoiselle...

MARGUERITE, *s'efforçant de rire.*

Eh bien, qu'est-ce que ça fait? qu'ai-je à faire de mains blanches, moi?... je n'ai pas d'amoureux.

JEANNE, *riant à moitié.*

Ni moi non plus.

MARGUERITE.

C'est vrai... mais tu en auras.

JEANNE.

Oh! jamais, jamais! (*Elle se serre contre elle.*)

MARGUERITE, *avec une frayeur contenue.*

Je te comprends... mais tu ne me quitteras pas pour cela ; je l'entends bien ainsi... (*Elle l'embrasse avec transport. Se remettant et la faisant asseoir dans un fauteuil.*) Tu épouseras quelque honnête garçon du pays, qui aura, lui aussi, ses affections dans ce petit coin du monde... un honnête homme qui aimera bien sa mère, et qui te pardonnera d'aimer la tienne... vous viendrez ici ; vous prendrez les deux chambres, le cellier, le hangar... moi, je coucherai là-haut...

JEANNE.

Mais c'est le grenier...

MARGUERITE

Il y a une vue superbe!

JEANNE.

Chère mère !...

MARGUERITE.

Nous serons petitement ; mais en se serrant un peu... et un peu plus chaque année... (*Jeanne cache sa tête dans le sein de sa mère.*)

MARGUERITE, *avec exaltation.*

Quand je pense que dans le pays ils disent que Marguerite est ruinée, qu'elle est bien à plaindre !... sont-ils bêtes! ils disent que j'ai tout perdu, tout perdu! et tu me restes!... mais c'est affreux ce qu'ils disent là!... (*Elle se met à genoux près de Jeanne.*)

JEANNE.

Oh! que je t'aime !

MARGUERITE.

Répète un peu...

JEANNE.

Je t'aime!

MARGUERITE.

Comme ta voix est douce à mon âme... mais où donc prends-tu ces accents-là?

JEANNE.

Dans mon cœur...

MARGUERITE.

Et ce cœur, à qui est-il?

JEANNE.

A toi...

MARGUERITE, *avec amour.*

Cher ange! tu ne sais pas! il me semble quelquefois que le bon Dieu m'a donné ma part de paradis sur la terre, et alors je me demande où il me mettra quand je mourrai?

JEANNE, *avec un mouvement convulsif.*

Quand tu mourras?... mais tu ne mourras pas... je ne le veux pas...

MARGUERITE.

Calme-toi, ma Jeanne! la voilà toute tremblante !

JEANNE.

Tu m'as fait mal...

MARGUERITE.

Je ne le ferai plus.

JEANNE, *souriant.*

A la bonne heure...

MARGUERITE.

Parlons d'autre chose... ou plutôt, non, ne disons rien... laisse-moi te regarder...

JEANNE.

Ce feu m'a fait du bien ! je me sens mieux.

MARGUERITE, *elle retourne souffler le feu, et met Jeanne devant la cheminée.*

Vois-tu? tu souffrais tout à l'heure...

JEANNE, *souriant.*

Oui, un peu, mais c'est fini! seulement mes paupières sont tout appesanties. (*Elle laisse aller sa tête.*)

JEANNE, *après un silence.*

Dis donc, mère, as-tu remarqué à l'église, monsieur Réné Noirel ?

MARGUERITE, *froidement.*

Il y était donc ?

JEANNE.

Oui, derrière un pilier.

MARGUERITE, *elle raccroche le soufflet.*

Il se cache du bon Dieu comme Caïn, et il a raison.

JEANNE, *avec douleur.*

Oh ! mère !

MARGUERITE, *avec un cri.*

Jeanne, regarde-moi... réponds-moi... est-ce que tu aimes Réné Noirel?

JEANNE, *très-calme.*

Non, ma mère.

MARGUERITE.

Oh ! Dieu soit béni ! j'ai eu bien peur, Jeanne.

JEANNE.

Non, non, je ne l'aime que comme le compagnon de mon enfance, et je le plains, car il est bien malheureux... il n'a plus sa mère...

MARGUERITE.

Et il peut bien dire que s'il l'a perdue plus tôt qu'à son heure, c'est sa faute. (*Elle va chercher une chaise et son ouvrage et s'assied près de Jeanne.*)

JEANNE.

Comment ?

MARGUERITE.

Ecoute... Réné Noirel est un vaniteux et un méchant... Un jour, malgré les larmes, les prières de sa mère, il est parti pour la grande ville, but de son ambition. Un an plus tard, la pauvre mère s'apercevant que chaque jour elle avait plus de peine à gravir la petite colline où elle allait attendre le fils absent, la pauvre mère lui écrivit, elle le suppliait de venir lui donner un dernier baiser : mais Réné Noirel était en fête, il ne répondit pas... alors la bonne vieille se traîna jusqu'à Paris pour aller chercher ce baiser qu'il ne lui apportait pas. Mais Réné Noirel était en fête, et il ne reçut pas sa mère dont il rougissait... la pauvre vieille pleura longtemps, se remit en route, et mourut au tiers du chemin.

JEANNE.

Oh !

MARGUERITE.

Je te l'ai dit, Jeanne, René Noirel est un vaniteux et un méchant.

JEANNE.

Ma mère, je t'en prie, ne parlons plus de cela... ce récit...

MARGUERITE.

Bien ! bien ! mon enfant !...

JEANNE.

S'il se repent, mon Dieu ! comme il doit souffrir !...

MARGUERITE.

Si son repentir est sincère, Dieu et sa mère lui pardonneront un jour ; mais crois-moi, mon enfant, la pitié est une des vertus que commande l'église ; et si René Noirel avait faim, je t'engagerais à partager ton pain avec lui ; mais, jusque-là, évite-le, Jeanne ! prie Dieu qu'il ne se trouve pas sur ta route, et méfie-toi de ta pitié.

JEANNE, *à moitié assoupie.*

Pauvre René...

MARGUERITE.

Nos causeries l'ont fatiguée... Dors, mon enfant, nous, profitons de son sommeil. (*Elle la couvre d'une petite couverture de laine.*) Comme cela elle n'aura pas froid, maintenant... (*Elle sort doucement de la chaumière.*) Allons travailler pour elle... (*Elle envoie un baiser à Jeanne.*) Au revoir ! (*Frissonnant.*) Hou ! hou ! il fait froid ! (*Elle entre dans la forêt par le premier plan à gauche.*)

SCÈNE VII.

JEANNE, *endormie dans la chaumière; puis* MONTFLANQUIN *et* LOUISE DE MARENNES, *arrivant par le dernier plan de la forêt.*

JEANNE, *rêvant.*

Mon Dieu ! pardonnez-lui !

MONTFLANQUIN, *dans la coulisse, à une certaine distance.*

D'honneur ce bois est charmant! (*Avec un cri.*) Oh ! (*On entend le bruit d'une chute.*)

LOUISE DE MARENNES, *dans la coulisse, et encore dans l'éloignement.*

Qu'y a-t-il donc, monsieur de Montflanquin ?

MONTFLANQUIN, *de la coulisse.*

Belle dame, je crois, Dieu me damne! que je suis tombé de cheval. (*Entrant.*) Ma foi, je n'y remonte pas.

LOUISE.

Et moi, je descends. (*Elle entre tenant Paquita par la bride.*)

MONTFLANQUIN, *au domestique.*

John, prends donc Buridan. Ventre de biche! retiens-le. Il part... que le diable l'emporte et toi aussi !... Cours après, je garde Paquita.

LOUISE.

Maudite chasse ! où sommes-nous ?

MONTFLANQUIN.

Voici une cabane; attendez... (*Il ouvre brusquement la porte.*)

JEANNE, *s'éveillant.*

Qui est là ?...

MONTFLANQUIN.

Tu es bien curieuse !...

JEANNE.

Que demandez-vous, monsieur ?

MONTFLANQUIN.

Tout ce que tu as... (*Lorgnant dans l'intérieur de la cabane.*) Ce n'est pas trop demander, je crois, et pourtant, comtesse, voilà notre affaire, un fauteuil, un grand feu... venez donc...

LOUISE.

Je ne puis entrer avec le cheval.

MONTFLANQUIN.

Mais si... ce sera très-drôle... très-amusant !

LOUISE, *qui a donné la bride du cheval à Montflanquin, à Jeanne qui est sortie.*

Ne craignez rien, ma belle enfant, nous ne voulons pas vous faire de mal.

JEANNE, *souriant.*

Oh ! je n'ai pas peur, madame.

MONTFLANQUIN.

Nous sommes pourtant faits comme des voleurs; j'ai même une côte enfoncée... ah ! ah ! ah ! c'est fort singulier !

LOUISE.

Permettez-nous de nous reposer un instant, car nous nous sommes égarés dans votre forêt.

MONTFLANQUIN.

Dans la mienne, comtesse ! dans la mienne... une vraie forêt de l'Amérique... Diable m'emporte ! elle pourrait être rosière...

LOUISE.

Vous êtes bête, Montflanquin.

MONTFLANQUIN.

Ah ! ah ! vous trouvez? C'est fort singulier !...

LOUISE.

Dieu! que vous êtes fatigant quand vous riez !... et vous riez toujours... (*A Jeanne.*) Chère petite, sommes-nous encore loin du château de Saint-Sauveur ?

JEANNE.

A trois lieues, madame.

MONTFLANQUIN.

Trois lieues ! Ventre de biche! que le diable t'emporte, mon enfant !

LOUISE.

Vous n'avez pas vu passer nos compagnons de chasse par ici?

JEANNE.

Non, madame; mais je vais m'informer auprès des boisiers qui travaillent dans le bois, et prévenir en même temps ma mère. Au revoir, madame.

LOUISE.

Au revoir, ma toute belle. (*Jeanne entre dans la forêt.*)

SCÈNE VIII.

MONTFLANQUIN, LOUISE, *qui entre dans la chaumière.*

MONTFLANQUIN.

Comment?... eh bien !... eh ! petite !... Elle me laisse tenir le cheval comme un palefrenier....

LOUISE, *assise près du feu.*

Quel bon feu !...

MONTFLANQUIN, *au dehors.*

Quel froid, comtesse !... J'en reviens à mon idée... je vais faire entrer le cheval.

LOUISE.

Non pas, non pas... je vous défends même de l'attacher, d'abord parce que Paquita trouverait moyen de se sauver, et ensuite...

MONTFLANQUIN.

Comment! vous là-dedans, et moi dehors ?...

LOUISE.

Parfaitement... Tout ce que je puis faire pour vous, c'est de laisser la porte ouverte.

MONTFLANQUIN.

Oh ! vous plaisantez, comtesse.

LOUISE.

Pas du tout. Je ne veux pas d'un tête-à-tête avec vous, vous êtes si compromettant !... et, j'y pense, vous m'avez peut-être égarée exprès !...

MONTFLANQUIN.

Moi! oh!...

LOUISE, *riant*.

Si nos amis, qui sont à notre recherche, nous surprenaient ensemble, je serais perdue de réputation. Restez donc où vous êtes...

MONTFLANQUIN.

Mais je vais mourir de froid...

LOUISE.

Bah! je laisse la porte ouverte.

MONTFLANQUIN.

Causons du moins?...

LOUISE.

De quoi? —

MONTFLANQUIN, *grelottant*.

Mais de mon amour.

LOUISE, *riant*.

Ah! bien... non, la cheminée fume trop, et puis je vous l'ai dit, vous êtes trop compromettant, mon cher. — Ici, passe encore; mais quand nous serons de retour à Paris, je serai obligée de vous exiler, je vous en préviens.

MONTFLANQUIN, *avec mystère*.

Eh bien, si j'avais un moyen diabolique pour cacher mon jeu, pour détourner les soupçons!..

LOUISE, *riant*.

Et ce moyen?

MONTFLANQUIN.

Je ne l'ai pas, mais je l'aurai .. (*S'adressant au cheval qu'il tient toujours.*) Oui, oui, je le trouverai, je le trouverai. (*On entend le son du cor.*)

LOUISE.

Ah! ce sont nos amis...

MONTFLANQUIN.

Je vais leur répondre... (*Il embouche le cor et fait un affreux couac.*) Oh! il fait si froid!

BELLOTTE, *dans la coulisse*.

Par ici, mes beaux messieurs, par ici!...

SCÈNE IX.

LES MÊMES, BELLOTTE, HENRI DE FONTENAY, SAINT-LAURENT.

HENRI, *entrant de droite derrière la chaumière, suivi de domestiques*.

Mais arrivez donc, sacrebleu, arrivez donc...

MONTFLANQUIN.

Enfin, vous voilà!... (*Il donne le cheval à un domestique qui l'emmène par la droite.*)

HENRI, *après avoir salué Louise*.

J'ai cru que nous ne sortirions jamais de la forêt... ce fou de Saint-Laurent, dans un de ses accès de popularité, descendait à chaque instant de cheval pour serrer la main à tous les manants qu'il rencontrait.

MONTFLANQUIN, *dans la chaumière*.

Ah! ah! ah!

SAINT-LAURENT, *embrassant Bellotte*.

Que voulez-vous, je ne suis pas fier, moi!...

BELLOTTE, *les admirant*.

Sont-ils gentils! sont-ils gentils!...

HENRI, *à Louise*.

Qu'êtes-vous donc devenue, comtesse?

LOUISE.

Mon Dieu! monsieur de Montflanquin m'a perdue, voilà tout!

SAINT-LAURENT.

Ce farceur de Montflanquin!

HENRI, *poussant Montflanquin*.

Ce roué de Montflanquin!

MONTFLANQUIN, *se défendant*.

Messieurs, messieurs!

SAINT-LAURENT.

Une chaumière... ah çà, il doit y avoir des œufs! je propose une omelette. (*Il va au buffet et trouve des œufs.*)

HENRI.

Y penses-tu?

SAINT-LAURENT.

Oh! je ne suis pas fier, moi! et je mangerai fort bien le pain bis de ces braves gens.

LOUISE, *riant*.

Ma foi, messieurs, je vous avouerai que je meurs de faim.

SAINT-LAURENT.

Brava! l'omelette est votée.

HENRI.

Mais...

SAINT-LAURENT.

Laisse là tes trente-six quartiers, et passe-moi la poêle. (*Henri la lui donne.*)

LOUISE, *gaiement*.

Ma foi, tant pis! je casse les œufs.

HENRI.

Moi je vais mettre le couvert. (*Ils vont et viennent. Tableau très-animé dans la chaumière.*)

MONTFLANQUIN.

Et moi je vais fermer la porte. (*Il va pour la fermer, et il aperçoit Bellotte; il sort de la chaumière, lorgnant.*) Tiens! je n'avais pas remarqué... elle est jolie, cette grosse...

BELLOTTE, *à part*.

Il a mis son carreau à son œil pour me reluquer.

LOUISE, *appelant*.

Montflanquin!...

MONTFLANQUIN.

Comtesse!

LOUISE.

Venez donc mettre le couvert.

MONTFLANQUIN.

J'y vais... mangez toujours... je vais faire du bois! (*Il ferme la porte. A part.*) Oh! quelle idée! si je cachais mon amour pour la comtesse derrière cette grosse villageoise!... si je l'offrais en pâture aux calomnies!... pendant ce temps, je... oui, oui... (*Riant.*) Ah! ah! ah! le moyen est singulier!

BELLOTTE.

Comme il me regarde drôlement!...

MONTFLANQUIN.

Psitt! psitt!...

BELLOTTE, *regardant autour d'elle, à part*.

Il a un chien!

MONTFLANQUIN.

Hou! hou!

BELLOTTE, *l'imitant*.

Eh! eh!...

MONTFLANQUIN, *lui prenant la taille*.

Grassouillette!...

BELLOTTE, *de même*.

Maigriot!

MONTFLANQUIN.

Hou! hou!

BELLOTTE.

Hé! hé! (*A part.*) En voilà un qu'est bête!...

MONTFLANQUIN, *la tirant à part*.

Aimes-tu les belles robes?...

BELLOTTE.

Tiens! c'te farce!

MONTFLANQUIN.

Et les bijoux?..

BELLOTTE.

Et les bijoux, itou.

MONTFLANQUIN.

Aimerais-tu avoir des plumes sur la tête?

BELLOTTE.

Oui.....

MONTFLANQUIN.

Aimes-tu la bonne nourriture?

BELLOTTE.

Oui, et même la mauvaise.

MONTFLANQUIN.

Tu es gueularde?

BELLOTTE.

Comme une canne.

MONTFLANQUIN.

Et paresseuse?

BELLOTTE.

Comme une couleuvre.

MONTFLANQUIN.
Tu es parfaite...

BELLOTTE, *étonnée.*
Bah !

MONTFLANQUIN.
Il y a longtemps que je cherche une femme comme toi.

BELLOTTE.
Vous voulez m'épouser ?...

MONTFLANQUIN.
Pas précisément.

BELLOTTE, *offensée.*
Comment ! pas précisément.

MONTFLANQUIN.
Voudrais-tu aller à Paris ?

BELLOTTE.
Eh ! oui, donc.

MONTFLANQUIN.
Eh bien !... je t'emmène...

BELLOTTE.
Qué qu' j'y ferai ?

MONTFLANQUIN.
Peu de chose.

BELLOTTE.
Quoi encore ?

MONTFLANQUIN.
Rien du tout.

BELLOTTE.
Mais quelle place que c'est donc ?

MONTFLANQUIN.
Une place de lectrice chez ma tante qui est sourde.

BELLOTTE, *qui ne comprend pas.*
Ah !...

MONTFLANQUIN.
Tu acceptes ?

BELLOTTE.
Mais...

MONTFLANQUIN.
Viens au château, ce soir à huit heures, et je t'en dirai davantage... C'est dit ?

BELLOTTE.
Ah ! laissez-moi souffler. (*Elle réfléchit.*)

SCÈNE X.

LES MÊMES, GRINCHEUX, *avec du bois sur la tête.*

GRINCHEUX, *à part.*
Bellotte avec un m'sieu.

MONTFLANQUIN.
Eh bien ?

BELLOTTE.
Je suis bien embarrassée...

MONTFLANQUIN.
Si tu refuses j'en trouverai une autre.

BELLOTTE, *étourdiment.*
Pardine ! vous en trouverez dix !.... (*Elle s'arrête honteuse.*)

MONTFLANQUIN.
Tu viendras ?

BELLOTTE.
Oui ! tant pis !

GRINCHEUX, *poussant un cri.*
Ah ! (*Il laisse tomber son fagot.*)

BELLOTTE.
Ah !...

MONTFLANQUIN, *se retournant.*
Butor !... animal !.... (*A part, en entrant dans la chaumière.*) Allons vite dire à la comtesse que j'ai trouvé mon moyen. (*Pendant cette scène, on a dîné dans la chaumière. Grincheux descend lentement auprès de Bellotte.*)

MONTFLANQUIN, *s'asseyant.*
Je vous demanderai une place.

HENRI *se lève, et emporte son assiette et son verre.*
Il y a bien une place, mais il n'y a plus d'omelette...

MONTFLANQUIN, *bas à la Comtesse.*
Ah ! ah ! ah ! si vous saviez !... C'est fort singulier... (*Il lui parle bas.*)

GRINCHEUX.
Vous irez ? où ça ?

BELLOTTE.
Ça ne te regarde pas.

GRINCHEUX.
Ça ne ne me regarde pas ! Ah ! Dieu de Dieu ! (*Il pleure.*)

BELLOTTE.
Ah ! tu m'ennuies !

GRINCHEUX, *la pinçant.*
Tiens donc !

BELLOTTE.
Pince-moi encore un peu pour voir, et je te casse mon sabot sur le nez. (*Elle se sauve dans la forêt. Grincheux la poursuit ; elle le menace de son sabot.*)

SCÈNE XI.

LES MÊMES *dans la chaumière, puis* JEANNE, *et ensuite* RENÉ.

LOUISE, *riant.*
Ah ! ah ! ah ! Il n'y a que vous pour avoir de ces idées-là.

MONTFLANQUIN.
Tous les Montflanquin sont étonnants...

RENÉ, *tirant des fruits d'une armoire.*
J'ai trouvé le dessert !

TOUS.
Bravo ! bravo !...

LOUISE.
Ah çà, messieurs, il ne faut pas qu'on puisse croire que les Cosaques ont passé par ici, voici mon offrande... La vôtre, messieurs... (*Elle fait la quête, en commençant par Montflanquin.*)

MONTFLANQUIN.
Ah ! mais permettez... Moi je n'ai rien mangé.

SAINT-LAURENT.
Ah bien ! j'ai mangé pour deux, paye pour moi...

MONTFLANQUIN.
Mais...

SAINT-LAURENT.
Je n'ai pas un louis, je l'avoue, je ne suis pas fier, moi.

HENRI.
Ce diable de Saint-Laurent ! noble comme Charlemagne et gueux comme un rat d'église.

SAINT-LAURENT.
Les plus vieilles maisons sont les plus ruinées, c'est tout simple. (*Les autres ont donné. Louise met la collecte sur la table.*)

JEANNE, *venant de la forêt.*
Impossible de retrouver ma mère !.. Je suis inquiète !...

RENÉ, *les cheveux et les habits en désordre, arrive par le sentier ; regardant en arrière.*
Ils ont perdu ma trace !

JEANNE, *à part.*
M. Noirel ! oh ! rentrons... (*Elle fait un pas vers la chaumière, René se trouve sur son chemin.*)

RENÉ.
Mademoiselle Jeanne, vous me fuyez, je vous fais peur.

JEANNE, *voulant sortir.*
Non, mais c'est que...

RENÉ.
C'est que l'on vous a appris à me haïr !

JEANNE, *embarrassée.*
Monsieur !..... (*Apercevant du sang au front de René.*) Mais vous êtes blessé...

RENÉ.
Oh ! ce n'est rien.

JEANNE.
Mais si, votre sang coule ! attendez !... (*René s'est assis sur un tronc d'arbre. Jeanne étanche le sang.*)

RENÉ.
Merci, Jeanne, merci : vous êtes bonne, vous... (*avec colère ;* mais eux ! (*Comme à lui-même.*) Traqué, poursuivi à coups de pierres, dans la campagne, comme un chien enragé.

JEANNE.
Comment ?

RENÉ.
Je traversais le pré du grand Guillaume : des hommes qui étaient là m'ont regardé d'une façon insultante ; puis, l'un d'eux s'est approché et m'a demandé en ricanant des nouvelles de Paris ; j'ai voulu poursuivre ma route, mais ils m'ont rejoint, entouré. Les premiers se recommandaient à moi pour une place dans mes écuries... un autre pour une place d'intendant... un troisième enfin... (*avec douleur*) m'a demandé la survivance du valet qui, jadis, a chassé ma mère.

JEANNE.

Ah !... (*Elle se détourne.*)

RENÉ.

La colère m'a emporté... j'ai frappé cet homme au visage, et c'est alors que... (*Apercevant Jeanne.*) Mais vous vous détournez de _moi, Jeanne, vous les approuvez, n'est-ce pas ?

JEANNE, *vivement.*

Oh ! non.

RENÉ.

Du moins vous ne me plaignez plus ; pour vous aussi, comme pour tous, je suis René le mauvais fils, René le maudit...

JEANNE.

Monsieur René...

RENÉ.

Je le sais... j'ai été bien coupable, mais une autre l'a été plus que moi.

JEANNE.

Qui donc ?...

RENÉ.

C'est la femme coquette et sans cœur qui m'a trompé égaré ; qui, après s'être servie de l'amour insensé que je lui avais voué, m'a fermé brusquement sa porte sans pitié, quand cet amour lui est devenu inutile, ne me laissant rien, rien que le remords d'avoir oublié ma mère pour elle !

SAINT-LAURENT, *versant.*

Le coup de l'étrier, messieurs !

JEANNE.

Quelle est donc cette femme ?

RENÉ.

Cette femme, c'est...

SAINT-LAURENT, *élevant son verre et à haute voix.*

A madame Louise de Marennes !

RENÉ, *avec un cri.*

Louise de Marennes !...

JEANNE.

Qu'avez-vous ?

RENÉ, *avec rage.*

C'est elle, Jeanne !... c'est la comtesse Louise de Marennes !... c'est son mauvais génie qui la ramène. (*Il marche vers la chaumière.*)

JEANNE, *effrayée.*

Qu'allez-vous faire ?

RENÉ.

Je vais.... je vais lui dire tout ce que j'ai sur le cœur.... (*En ce moment la porte s'ouvre, et Saint-Laurent paraît.*)

SAINT-LAURENT.

En route, messieurs !... (*Il se trouve en face de René.*) René ! René Noirel !

MONTFLANQUIN, *sortant.*

Pas possible... Ah ! ah ! ah ! c'est fort singulier...

LOUISE, *à part.*

René !...

MONTFLANQUIN.

Venez donc, comtesse ; c'est René, l'homme qui est mort d'amour pour vous il y a six mois...

SAINT-LAURENT.

Vous êtes redevenu paysan ? N'importe, touchez là, mon cher, je ne suis pas fier, moi.

RENÉ, *à la Comtesse, qui est sortie avec les autres.*

Madame Louise de Marennes, je voudrais vous parler...

LOUISE, *troublée.*

Je vous écoute, monsieur.

RENÉ, *d'un ton singulier.*

Je voudrais vous parler, à vous seule. (*Bas à Jeanne.*) Jeanne, rentrez, je vous en prie.

JEANNE, *à part.*

J'ai peur ! (*Elle entre dans la chaumière.*)

MONTFLANQUIN, *bas à Louise.*

Il ressemble à l'ombre de Banco...

LOUISE, *s'efforçant de rire.*

En effet !...

RENÉ, *se contenant.*

Eh bien, madame, j'attends !...

LOUISE, *un peu effrayée de l'air de René.*

Parlez devant tous, monsieur.

RENÉ.

Vous le voulez ?

LOUISE.

Je le veux... (*Jeanne écoute à la porte.*)

RENÉ.

Eh bien ! soit : madame la comtesse Louise de Marennes, je vous apporte une part de la malédiction de ma mère !...

LOUISE.

Que voulez-vous dire, monsieur ?

RENÉ.

Je veux dire, madame, que ma mère est morte en me maudissant, et que c'est votre faute ; je veux dire que je suis un objet de réprobation pour tous, et que c'est votre faute, car il y a deux ans, j'étais tranquille, heureux, et un jour, vous avez en passant brisé mon bonheur et détruit mon repos.

LOUISE.

Je ne vous comprends pas.

RENÉ.

Pour vous suivre, j'ai tout quitté ! pour vivre dans votre soleil et servir des projets dont j'ignore encore le but, mais que je connaîtrai bientôt, j'ai jeté au tourbillon de vos fêtes la petite fortune que mon père avait amassée de ses mains... Pour rester près de vous, j'ai spéculé sur l'héritage de ma mère vivante ; pour vous, enfin, j'ai renié ma mère...

JEANNE.

Oh ! c'est affreux !...

RENÉ.

Comprenez-vous, maintenant ?

LOUISE, *qui s'est remise peu à peu.*

Pas davantage, et vous, messieurs ?

SAINT-LAURENT, *riant.*

Je n'entends pas le grec.

MONTFLANQUIN, *grelottant.*

Moi, j'ai trop froid pour comprendre quelque chose.

RENÉ, *avec force.*

Oh ! ne riez pas, monsieur !

MONTFLANQUIN.

Mais je ne ris pas... je gèle... (*On rit.*)

RENÉ, *avec colère.*

Messieurs...

JEANNE, *avec effroi.*

Ah ! mon Dieu !

SAINT-LAURENT.

Est-ce une provocation ?... Soit !... je ne suis pas fier, moi !...

LOUISE, *redevenue très-calme.*

Messieurs, je vous en prie, ceci est une affaire entre monsieur Noirel et moi...

RENÉ.

Dites, madame, entre vous et votre conscience, entre vous et votre cœur.

LOUISE.

Vous êtes fou, monsieur.

RENÉ, *amèrement.*

En effet, il faut l'être pour supposer un cœur à madame la comtesse Louise de Marennes.

LOUISE.

Oh ! assez ! René Noirel...

RENÉ.

Vous avez voulu que je parle devant tous ; tant pis pour vous.

LOUISE, *très-froidement.*

Je vous dis, monsieur, que vous êtes fou ! Que signifie ce drame lugubre que vous venez nous jouer là sur la neige ?...

MONTFLANQUIN, *grelottant.*

Oui, le théâtre est mal choisi...

LOUISE.

Que signifient ces reproches, ces malédictions ?

RENÉ.

Madame...

LOUISE.

Eh quoi ?... un jour, sur un regard tombé par hasard de mes yeux, sur une parole tombée sans y songer de mes lèvres, vous faites vos paquets et vous partez à ma suite ! Qu'est-ce que cela prouve ! que vous êtes un fat, monsieur !

MONTFLANQUIN.

Ah ! ah !

LOUISE.

Si tous ceux que j'ai regardés avaient fait comme vous, mais j'aurais eu tout le pays à mes trousses !

SAINT-LAURENT.

Dame ! c'est vrai, mon bon ! Madame la comtesse n'est pas fière non plus... Elle regarde tout le monde.

LOUISE.

Vous avez brûlé de l'encens sur mes autels, et vous me le reprochez aujourd'hui... Mais vous êtes un faux mage !

MONTFLANQUIN.

Ah ! ah !... si nous rentrions ?...

LOUISE, continuant.

Vous avez cru qu'un sourire signifiait : Je vous aime ! Ce n'est pas ma faute. Si plus tard j'ai fait bon accueil à vos madrigaux, c'est que j'ai l'habitude d'être polie avec les gens que je reçois ; si je vous ai parfois confié mon bouquet ou mon éventail, c'est qu'ils me gênaient ; si je vous ai écouté quand vous me parliez d'amour, c'est que j'ai cru que c'était seulement pour parler de quelque chose ; mais dans le monde, monsieur, on a de l'amour sur soi comme on a des bonbons, et on offre cela aux dames entre deux contredanses... cela ne va pas plus loin, et sous prétexte qu'une femme aura avalé vos fadeurs ou croqué vos pistaches, on ne va pas l'attendre au coin d'un bois... pour lui demander l'amour ou la vie.

SAINT-LAURENT.

Ah ! bravo ! bravo !

MONTFLANQUIN.

Mais, sacrebleu ! c'est une conversation de coin du feu, ceci, ça manque de chenets.

LOUISE, qui s'est rapprochée de René.

Quant à l'héritage paternel, englouti, dites-vous, dans le tourbillon de mes fêtes, je vous avoue que je ne comprends pas de tout. Chaque fleur de vos bouquets renfermait-elle donc au fond de son calice une perle fine en guise de rosée ? En ce cas, Monsieur, mes femmes doivent être millionnaires ! (Tous rient.)

RENÉ, à part.

Ah ! c'est trop d'outrages ! (Avec fureur.) Louise de Marennes, hier je vous haïssais, aujourd'hui je vous méprise !...

LOUISE, après un mouvement, avec ironie.

Méprisée !... méprisée par vous, monsieur Noirel... mon Dieu ! qu'est-ce que je vais devenir ?... Vite, Paquita, pour fuir au bout du monde !... (Elle éclate de rire et remonte vers le fond.)

MONTFLANQUIN, à René.

Vous êtes battu, mon cher ! allons-nous-en... (Tous sont remontés.)

LOUISE, à René.

Monsieur Noirel, je souhaite pour votre repos que vous me méprisiez toujours.

RENÉ, à moitié fou, s'élançant auprès de Louise.

Madame !

LOUISE, avec raillerie.

Au revoir, René Noirel !...

TOUS.

Au revoir !... (Ils disparaissent.)

SCÈNE XII.

RENÉ, JEANNE dans la chaumière.

RENÉ, pleurant de rage.

Oh ! je tuerai cette femme !... (Changeant de ton.) La tuer ! est-ce que je l'aime encore ? non, non, je ne l'aime plus, je ne l'ai jamais aimée ; seulement, je voudrais me venger d'elle. (Il vient s'asseoir à gauche.)

JEANNE, sortant.

Je n'entends plus rien...

RENÉ.

Oh ! si j'étais riche encore une fois ! si je pouvais retourner à Paris !... mais non, c'est impossible ! je n'ai plus rien, rien !

JEANNE, regardant partout.

Ils sont partis ! Cette méchante femme, comme elle l'a humilié ! Ah ! il est encore là !

RENÉ.

Oublions tout cela. Cette femme ne mérite même pas ma haine ! (Après un silence.) Elle a été sans pitié et ses amis !... car elle en a, elle !... moi, je n'en ai pas, je suis seul, seul sur la terre.

JEANNE, à part, en descendant près de René.

Comme il souffre !...

RENÉ, l'apercevant.

Ah ! c'est vous, Jeanne ! vous ne me fuyez donc plus ?

JEANNE.

Non.

RENÉ.

Je suis bien malheureux, Jeanne ; j'ai, je le crois, assez expié ma faute, et il serait temps que le ciel m'envoyât son ange de pardon.

JEANNE.

Espérez...

RENÉ.

Espérer ! comme vous me dites cela, Jeanne ! il y a des larmes dans votre voix... Oh ! que votre pitié me fait de bien !...

JEANNE, à part.

Oh ! mon Dieu ! je me souviens... ma mère m'a dit : Jeanne, méfie-toi de ta pitié !

RENÉ.

Plusieurs fois déjà, tandis que chacun me regardait avec effroi, votre triste sourire est venu me consoler. Jeanne, soyez bénie !...

JEANNE, troublée.

Vous vous repentez, n'est-ce pas ?...

RENÉ.

Oh ! oui ! Jeanne !

JEANNE.

Vous pouvez reconquérir l'estime de tous, l'amitié de Marguerite. Je prierai Dieu pour qu'il vous conduise, et quand le courage vous manquera, vous viendrez à moi et nous parlerons de votre mère qui m'a si souvent parlé de vous, quand vous étiez là-bas.

RENÉ, se levant.

Chère enfant ! Oh ! j'étais fou ! j'étais aveugle ! j'allais courir le monde à la recherche d'une affection coupable, quand j'avais si près de moi cette affection sainte !...

JEANNE.

Monsieur René...

RENÉ.

J'appelais l'ange du pardon, mais il est venu.... c'est vous, Jeanne, mon amie, ma sœur ! Ah ! voilà le premier moment de bonheur que j'aie goûté depuis deux ans, et c'est à vous que je le dois. Merci, Jeanne.

BELLOTTE, dans le bois.

Venez donc, vous autres !

JEANNE, remontant.

Bellotte et les boisières ! si on nous voyait !

RENÉ.

Eh bien !

JEANNE.

C'est que ma mère m'avait défendu...

RENÉ.

De me parler ! Jeanne ? Si on vous disait : votre mère est morte, elle m'a souvent parlé de vous, mais je ne veux pas vous répéter ses paroles, vous souffririez, n'est-ce pas ?

JEANNE.

Oui, mais c'est que...

RENÉ.

Ce soir, à huit heures, je serai derrière la claire voie...

JEANNE.

Mon Dieu !

RENÉ.

J'ai besoin de courage, Jeanne ; venez me parler de ma mère... A ce soir ! à ce soir ! (A part, en sortant.) Ah ! madame de Marennes, je saurai bien vous oublier. (Il disparaît par la droite.)

SCÈNE XIII.

JEANNE, BELLOTTE, LES BOISIÈRES, puis MARGUERITE, et ensuite LE PÈRE MATHIAS, LA GOULEUSE et GRINCHEUX. (Bellotte et les Boisières ont à la main des fleurs d'hiver.)

BELLOTTE.

Attention, vous autres, c'est moi qui récite le compliment chaque année, pour la fête de chacun... toujours le même.

MARGUERITE, entrant.

Tu attendras bien que sa mère soit là !

BELLOTTE.

Où étiez-vous donc ?

MARGUERITE.

Derrière le rocher au Neslo.

BELLOTTE.

Qu'est à une lieue d'ici ? et pourquoi si loin ?

MARGUERITE, *lui tendant les fleurs.*

Regardez mon bouquet.

BELLOTTE.

Qu'il est beau!...

MARGUERITE.

C'est que j'avais remarqué qu'il y avait là de plus belles fleurs qu'ailleurs à cause du rocher qui les abrite du vent.

BELLOTTE.

Bonne mère!... Placez-vous. Attention!

GRINCHEUX, *entrant tout essoufflé.*

Ah! la voilà!...

BELLOTTE.

Y êtes-vous? Je commence!... (*Elle ôte un de ses sabots, toutes les Boisières en font autant. Marguerite est debout devant la porte.*)

TOUTES, *frappant la terre de leurs sabots.*

Air de M. Mangeant.

Pan, pan...

MARGUERITE.

Qui vient ainsi frappant?...

BELLOTTE.

C'est les boisières,
Qui tous les ans
Pour fêter sainte Jeanne,
Coupent les fleurs des champs.

TOUTES.

Pan, pan.

MARGUERITE.

Sainte Jeanne n'est pas sur terre,
Sainte Jeanne est au firmament...

TOUTES.

Pan, pan.

BELLOTTE.

Mais il est une boisière
Qu'est son portrait vivant.

TOUTES.

Pan, pan.

BELLOTTE.

Sainte Jeanne, si bonne mère,
Sainte Jeanne, c'est ton enfant.

TOUTES.

Pan, pan.

(*Marguerite s'éloigne de la porte, et Jeanne sort.*)

Vive Jeanne! (*Chacun offre son bouquet et embrasse Jeanne.*)

GRINCHEUX, *caché au premier plan à droite derrière un gros arbre, à part.*)

Je t'en donnerai des pan, pan... je ne te perds pas des yeux.

JEANNE.

Ma mère, mes bonnes amies, merci! mais je ne vois pas la Gouleuse... (*Marguerite entre dans la chaumière et fait entrer tout le monde. On dresse une table et de quoi se rafraîchir.*)

LA GOULEUSE, *entrant avec le père Mathias; il joue du violon; il est conduit par un enfant.*)

Me v'là... C'est le père Mathias le ménétrier qu'a voulu à toute force venir jusqu'ici... et dame... il marche comme une tortue, ce pauvre vieux.

TOUTES.

Le père Mathias!...

LE PÈRE MATHIAS, *chantant.*

Air de M. Mangeant.

PREMIER COUPLET.

Marie était une humble moissonneuse,
Dans le pays chacun la chérissait
En ce temps-là, Marie était heureuse;
Pour une fleur placée à son corset,
Un jour Marie a vendu sa sagesse...
Les pleurs viendront quand viendra le réveil:
Ah! oui, croyez-moi, l'orgueil et la richesse,
Ne valent pas un rayon de soleil.

(*Le premier couplet se chante dehors, et après, Marguerite vient chercher Mathias et le fait entrer dans la chaumière, on lui donne à boire.*)

MARGUERITE.

Ah! ah! mais c'est du nouveau, ça, père Mathias...

LE PÈRE MATHIAS.

DEUXIÈME COUPLET.

Six mois à peine et déjà le volage

A délaissé Marie et maintenant
Les yeux en pleurs, elle pense au village
Où sont restés tous ceux qui l'aimaient tant!
Qui lui rendra les baisers, la tendresse
Qui chaque jour l'attendaient au réveil?
Ah! oui, etc.

TROISIÈME COUPLET.

Elle revient frapper à la chaumière,
Mais pour toujours elle est déserte, hélas!
Ceux qui t'aimaient sont tous au cimetière,
Ma pauvre enfant, ils ne t'ouvriront pas...
Ils sont là-bas; le vent du soir caresse
Le noir cyprès qui garde leur sommeil:
Ah! oui, etc.

TOUS.

Bravo! bravo! père Mathias.

GRINCHEUX, *à part.*

Si ça pouvait donc lui profiter!...

BELLOTTE, *à part.*

Tout ça, c'est des chansons, je ne reste pas ici... (*Grincheux la pince et se cache.*) Ah!...

TOUTES.

Quoi donc?...

BELLOTTE, *se frottant la jambe en se sauvant.*

Une bête qui m'a pincée... (*La nuit vient par degrés.*)

MARGUERITE.

Allons, allons! encore une fois de plus, merci, et adieu... car voici la nuit, et de plus, la neige. (*La neige commence à tomber.*)

MATHIAS.

Bonsoir, mère Marguerite; bonsoir, ma petite Jeanne. (*Mathias sort avec l'enfant qui le conduit, et auquel Jeanne a donné un pain; Marguerite et les Boisières les suivent; ils ont des lanternes et disparaissent par le fond en chantant l'an, pan. Jeanne est restée dans la chaumière. Bellotte et la Gouleuse sortent les dernières.*)

BELLOTTE, *à part.*

Moi, je vas mettre ma capuche jaune pour m'en aller au château. (*Elle sort.*)

GRINCHEUX, *à part.*

Ne la perdons point!... (*Il suit Bellotte en se cachant. La neige tombe jusqu'à la fin de l'acte — Marguerite reconduit les Boisières. — Huit heures sonnent.*)

JEANNE, *à part.*

Huit heures!... et René va m'attendre... Oh! non, c'est impossible... Pourtant il est si malheureux!

ACTE II.

Nuit à la rampe et au fond, au lever du rideau; au fond, grande fenêtre à gauche s'ouvrant sur le village, à gauche de la fenêtre, porte. Au premier plan, une armoire rustique. — A droite, un lit de campagne entouré de rideaux de serge. — A gauche premier plan, porte d'entrée et une salle. — A droite, porte de la chambre de Jeanne. — Fauteuils chaises, etc. Une table et deux chaises; à gauche au fond de la porte, un petit buffet. — A droite près de la porte, petit meuble dans lequel il y a de la graine, au-dessus du premier plan.

SCÈNE I.

MARGUERITE, *seule, assise à la table. Elle travaille à la lueur d'une petite lampe, à une robe d'étoffe à ramages.*

Comme on est bête quand on est jeune!... Il y a vingt ans, je me plaignais de ne pas être assez mince... Imbécile, si tu avais été frêle et délicate, tu ne pourrais pas, à l'heure qu'il est, arranger cette robe à la taille de ton enfant... pauvre chère Jeanne, elle est si mignonne, qu'en coupant l'usé, je lui ai fait une robe toute neuve, dans une vieille à moi... et je me dis qu'elle sera un peu jolie... la plus jolie de toutes ses compagnes... elle ne s'attend pas à cette surprise-là... Mais c'est la fête du village aujourd'hui... et depuis huit jours elle est si triste... si triste qu'il faut employer les grands moyens pour détourner son esprit de ce qui l'affole... Quoique ça peut-être, Seigneur!... j'ose pas l'interroger... les jeunesses, ça a parfois des vagueries comme ça, sans qu'elles sachent elles-mêmes pourquoi... Allons, bon! je me suis piquée... Ah! décidément j'ai perdu l'habitude de coudre sans compter qu'il m'a fallu trois nuits pour arranger tout ça.

Mais aussi va-t-elle être contente! (*Le jour vient graduellement au fond. Elle s'arrête et reste pensive.*) Contente!... le sera-t-elle?... Oh! oui, espérons-le... Le jour... ah! bah! il peut venir, j'ai fini. (*Jour à la rampe.*) Ah! c'est Jeanne. (*Elle cache vivement son ouvrage dans l'armoire et éteint la lampe.*)

SCÈNE II.

JEANNE, MARGUERITE.

JEANNE, *entrant.*

Comment! déjà levée, mère?

MARGUERITE.

Oh! il y a dix minutes à peine... Hier, nous nous sommes dit bonsoir de meilleure heure que de coutume... et ça fait que tout naturellement...

JEANNE.

Vous avez l'air fatigué.

MARGUERITE.

C'est d'avoir trop fort dormi... tandis que toi... hum! Je gage que t'as pas tant seulement fermé l'œil.

JEANNE.

Moi?

MARGUERITE.

Ne mens pas; ça se voit.

JEANNE, *embarrassée.*

Ah! après ça, c'est ben naturel, la veille de la fête du village..

MARGUERITE, *joyeuse.*

C'est ça?... tant mieux... Ah! dame! c'est qu'elle est belle, notre fête... jusqu'aux habitants du château, ceux-là même à qui nous avons renvoyé cet argent qu'ils avaient cru devoir laisser ici, qui doivent, dit-on, y assister; sans compter les gas du pays... de beaux garçons bien bâtis, bien amoureux... et, comme tu seras la plus jolie et la mieux mise...

JEANNE.

La mieux mise... moi?...

MARGUERITE.

Ne fais pas attention, je suis une bavarde... mais c'est un rêve que j'ai fait... je voyais comme ça, une fée, qui entrait tout doucement... pendant que tu dormais, et qui déposait sur le bord de ta couche une robe si jolie, si jolie, que je me disais : On jurerait qu'elle est neuve, quoi!... (*Elle s'arrête en voyant que Jeanne ne l'écoute plus.* — *A part.*) Ah! c'était pas la peine de faire ce mensonge-là... elle ne m'entend seulement pas. (*Après un silence, elle s'approche doucement de Jeanne et lui prend la main.*) Jeanne!

JEANNE, *comme s'éveillant.*

Quoi?... Oh! pardon, mère... vous me disiez?...

MARGUERITE.

Que tu n'aimes plus ta mère, Jeanne!

JEANNE.

Je ne vous aime plus!... moi! (*Elle lui saute au cou.*) Oh! jamais je ne vous ai tant aimée, au contraire.

MARGUERITE.

Vrai... bien vrai... eh ben! ça me suffit... quoique ta pâleur, ta tristesse m'inquiètent bien, va, depuis huit jours... Voyons, qu'as-tu?

JEANNE.

Mais rien.

MARGUERITE, *souriant.*

C'est donc des humeurs noires?

JEANNE.

Oui.

MARGUERITE.

Allons, peut-être bien que ça passera à la fête... A tout à l'heure. (*Elle remonte.*)

JEANNE.

Vous me quittez?

MARGUERITE.

Oui, mon enfant, je vais mener la noire à la pâture... car plus tard je n'en trouverais pas le temps, à cause de la fête, et je tiens à y aller aujourd'hui.

JEANNE.

Pourquoi donc riez-vous?

MARGUERITE.

Pour rien, c'est une idée à moi... A tout à l'heure. (*A part, en sortant à gauche.*) Si ma surprise pouvait lui rendre sa gaieté.

SCÈNE III.

JEANNE, *puis* RÉNÉ. (*Jeanne va au fond, regarde au-dehors d'un air rêveur, puis redescend.*)

JEANNE, *avec un soupir.*

Mon Dieu! d'où vient donc que cette chaumière qui était ma joie, mon bonheur, soit devenue pour moi si triste et si vide?... Est ce donc parce que Réné?... Que m'a-t-il dit après tout? (*Elle prend de la graine et vient la jeter au-dehors par la porte du fond.*) Rien que je ne puisse entendre... Il m'a avoué qu'il m'aimait... Si j'étais riche encore, me disait-il, c'est vous, Jeanne, que je prendrais pour ma femme, vous, la compagne de ma jeunesse. (*Elle ferme la porte et descend en scène.*) Et aujourdhui l'héritage de son oncle l'a fait plus riche que jamais... mais aussi, avec la fortune, voilà que son ambition lui est revenue, et malgré moi, j'ai peur. (*Elle va prendre le bouquet qui est sur le buffet et vient s'asseoir près de la table et elle s'arrange.*) Il ne parle plus que de Paris... Je veux y retourner, me disait-il encore hier, y retourner avec vous, qui serez ma femme... Sa femme! cette idée devrait me rendre bien heureuse, et pourtant... (*Apercevant René qui entre.*) René!

RENÉ.

J'ai vu sortir votre mère et j'accours...

JEANNE.

Nous cacherons-nous donc toujours d'elle... Ah! Réné, laissez-moi lui avouer...

RÉNÉ.

Rien encore, car elle ne m'aime pas... mais bientôt elle saura tout... bientôt elle m'aimera par amour pour vous.

JEANNE.

Oui, mais elle souffrira bien, si son enfant se sépare d'elle.

RÉNÉ, *avec une légère impatience.*

Jeanne!... encore!

JEANNE.

Réné, pourquoi retourner là-bas... dans cette ville où vous avez tant souffert? pourquoi ne pas rester ici? dans ce pays qui est le nôtre... c'était votre première idée.

RÉNÉ.

Oui, mais j'étais pauvre alors, et aujourd'hui je suis riche... O Jeanne! vous ne savez pas ce que c'est que d'avoir vécu à Paris, au milieu de ses fêtes, de ses plaisirs, de ce luxe enivrant.. et puis, c'est la vérité, Jeanne, je suis orgueilleux, et je puis m'en vanter à cette heure, car j'ai un but. celui de vous faire heureuse parmi les plus h. ureuses.

JEANNE, *qui l'écoute avec bonheur.*

Réné!... c'est mal! bien mal... mais lorsque je vous vois, lorsque je vous entends, malgré moi je sens que je faiblis.. et, pourtant ma mère!... Ah! Réné, elle n'a que moi au monde.

RÉNÉ.

Nous serons deux pour l'aimer.

JEANNE.

Et puis, il est encore un autre motif, Réné, qui me fait trembler... Ces grandes dames dont vous me parlez si souvent... elles sont bien séduisantes... elles me font peur... cette comtesse de Marennes par exemple.

RENÉ.

Celle-là!... ah! vous pouvez être sans crainte, Jeanne... car je n'ai pas oublié la manière dont elle m'a traité, humilié devant tous il y a quelques jours... ce que j'en ai appris lui fermera la bouche, l'obligera à baisser la tête devant vous.. Malheur à elle si jamais elle se trouve sur ma route. (*On frappe.*)

JEANNE.

On a frappé... qui peut venir?

SCÈNE IV.

LES MÊMES, LOUISE, *le domestique reste dehors.*

RENÉ, *qui est remonté près de la fenêtre.*

Louise!...

JEANNE, *à part.*

Cette femme ici!...

LOUISE, *sans voir René.*

Bonjour, ma belle enfant... C'est bien vous qui êtes mademoiselle Jeanne Provins?

JEANNE.

Oui, madame... (*Louise vient s'asseoir près de la table.*) Que désirez-vous?

LOUISE.

Je viens, mademoiselle, présenter mes excuses à madame

votre mère... Il y a huit jours, moi et quelques amis, nous nous sommes arrêtés chez vous, et nous y avions laissé un souvenir que vous avez renvoyé sur l'heure.

JEANNE.

C'était notre devoir, madame... ma mère et moi avons l'habitude de ne rien accepter de personne.

LOUISE.

J'aime cette fierté; elle me prouve que les renseignements qu'on nous a donnés sur vous, sur votre position, sont vrais... et, en vérité, me voici tout embarrassée pour vous dire que touchée de vos malheurs, ce n'est plus une modique somme que je vous apporte, mais bien une petite fortune pour vous que je vous supplie d'accepter. (*Elle lui tend un portefeuille.*)

JEANNE.

Pardon... mais je refuse encore... je refuserais d'une amie !

LOUISE.

C'est me dire que je ne suis pas la vôtre !

RENÉ, *s'avançant.*

Bien, Jeanne!...

LOUISE, *se levant.*

Monsieur René Noirel... Il me semble, monsieur, qu'au lieu d'encourager mademoiselle Jeanne dans ses refus, vous feriez mieux de m'aider à les combattre.... car ces gens sont pauvres, et...

RENÉ.

Vous vous trompez, madame la comtesse... Jeanne et sa mère sont riches maintenant.

LOUISE.

Riches ?... Comment ?...

RENÉ.

Par moi, madame, qui dans huit jours, serai le mari de Jeanne Provins.

LOUISE.

Je ne comprends plus!... Vous êtes riche, vous, et comment ?

RENÉ.

Comment ?... et qu'importe ? pourvu qu'on le soit. N'est-ce pas, madame de Marennes ? (*Il va vers Jeanne.*)

LOUISE.

Oui, vous êtes riche! et j'aurais dû deviner votre nouvelle fortune à tout l'orgueil qui s'est réveillé en vous.

RENÉ *fait asseoir Jeanne dans le fauteuil.*

Lorsque vous êtes entrée, madame... c'est ce que je disais à Jeanne : je suis orgueilleux... C'est la vérité, je le suis assez pour n'oublier ni les injures ni les humiliations.

JEANNE.

René !

LOUISE.

Laissez donc parler monsieur... Vous disiez?...

RENÉ, *allant à Louise.*

Tenez, madame, regardez bien cette jeune fille; elle a vécu depuis dix ans dans la misère; elle a ramassé du bois dans les forêts, elle s'est vêtue d'étoffes grossières... Eh bien ! je veux que dans trois mois chacun s'incline devant son élégance et sa beauté.... Je veux que ses salons contiennent tout ce que Paris renferme d'hommes distingués, de femmes à la mode... Je veux en un mot qu'elle éclipse...

LOUISE, *riant.*

La comtesse Louise de Marennes, parbleu !

RENÉ.

Vous l'avez dit... (*Il fait asseoir Jeanne, et semble ne plus faire attention à Louise.*)

LOUISE, *elle remonte.*

Mais c'est rempli d'originalité cette pensée-là... et en vérité, si je n'étais prise d'une soudaine pitié pour cette enfant... dont votre orgueil s'empare comme d'un jouet qu'on habille et qu'on montre, j'aurais bien envie de vous laisser entreprendre cette tâche. (*Elle redescend la scène.*)

JEANNE.

Madame!

LOUISE.

Tâche difficile, car à Paris la beauté ne suffit pas.

RENÉ.

Oh! le reste s'apprend si vite! Et l'or est un si bon maître!...

LOUISE.

Mais vous avez donc arrêté... le char de la fortune?... Vous avez donc dévalisé un coche !

RENÉ.

Vous avez bien, vous, madame, dévalisé un comte !

LOUISE.

Monsieur René Noirel !

JEANNE.

René... par grâce !

RENÉ.

Ah! c'est à mon tour de prendre ma revanche... et je la prends brutalement... je ne suis qu'un paysan, après tout, et d'après vos insultes de l'autre jour, j'ai voulu savoir, Louise de Marennes, si vous aviez le droit de parler si haut... et j'ai su qu'à quinze ans, vous vous nommiez Louise Bernard, fille d'un cultivateur au village de Dompierre... l'année suivante, vous épousiez le comte de Marennes dont vous aviez su vous faire aimer... comment ?... cela vous regarde... mais, par malheur, ce comte n'était pas riche comme vous l'aviez cru d'abord. En vous donnant son nom, il vous avait tout donné... et cela ne vous suffisait pas. Lorsqu'il mourut, deux ans après, la comtesse Louise de Marennes, qui tenait à son nom, refusa d'épouser l'usurier Richardet, roturier s'il en fut; mais il était riche, et sa fortune entière passa bientôt entre les mains de madame de Marennes; et voici comment Louise Bernard est devenue comtesse et millionnaire.

LOUISE, *après un silence.*

C'est tout, monsieur René Noirel?

RENÉ.

Absolument tout... j'ai voulu vous prouver, madame, que Jeanne pourrait aussi bien que vous porter la dentelle et la soie, et cela sans indignité!

JEANNE, *allant à Louise.*

Oh! madame, pardonnez-lui!

LOUISE.

Merci pour ce mot-là... il vous vaudra un dernier conseil... Jeanne, n'épousez pas monsieur René Noirel, si vous ne voulez devenir un jour la plus malheureuse des femmes ! (*Elle remonte au fond.*)

JEANNE.

Moi!

LOUISE.

Croyez-moi, Jeanne, vous n'êtes pour cet homme qu'un moyen de vengeance, une arme qu'il délaissera quand elle ne sera plus utile... Encore une fois, n'épousez pas monsieur Noirel... il vous oublierait trop vite.

RENÉ.

Pour vous, peut-être?...

LOUISE.

Pour moi, justement, si je veux m'en donner la peine... Soyez donc franc, monsieur Noirel! vous n'aimez pas Jeanne Provins...

JEANNE.

Oh! je ne vous crois pas, madame, et je sais bien pourquoi vous parlez ainsi.

LOUISE.

Je suis jalouse, n'est-ce pas?... Ah! c'est ainsi... eh bien, mon enfant, tant pis pour vous; mais dans trois mois, monsieur René Noirel sera à mes genoux, me demandant son pardon et quelque chose de plus peut-être.

RENÉ, *riant.*

De l'amour?

LOUISE.

Oui, monsieur, de l'amour.

JEANNE.

Encore une fois, moi, je ne vous crois pas, et dans huit jours, si René Noirel le veut, je serai sa femme.

LOUISE.

Prenez garde... il m'accusait tout à l'heure de m'être mariée par ambition, pour de l'argent... et plus tard, il serait bien capable de... (*riant*) ah! ah! ah!... Ah çà, mais je m'admire, moi... je suis là à batailler depuis une heure avec vous. . Que m'importe après tout... il faut vraiment n'avoir rien à faire, et j'oublie qu'avant mon départ, nous devons assister à la fête du pays... fête que l'on dit très-originale... nous nous retrouverons à Paris... Mariez-vous, Jeanne, mariez-vous... Eh ! mon Dieu ! on peut bien risquer son bonheur pour faire sa fortune... Au revoir, ma belle enfant; au revoir. (*A René.*) Monsieur. (*Elle sort par le fond.*)

SCÈNE V.

RENÉ, JEANNE.

RENÉ.

Oh ! cette femme!... cette femme triomphera-t-elle donc toujours!

JEANNE.

Risquer son bonheur pour faire sa fortune... Qu'a-t-elle donc voulu dire, René ?

RENÉ.

Elle a voulu dire, Jeanne, que, comme elle, vous étiez sans cœur et sans âme... que, comme elle, vous étiez mensonge et fausseté... que, si vous m'acceptez pour mari, ce n'est pas parce que vous m'aimez, mais bien parce que je suis riche... voilà ce qu'elle a voulu dire.

JEANNE.

Mais c'est infâme, cela... René, vous ne le croyez pas ?

RENÉ.

Non, oh! non... Mais le monde, qui ne connaît pas la noblesse de votre cœur, le monde le dira...

JEANNE.

Mon Dieu! mon Dieu!... Mais que faire, alors?

RENÉ.

Leur donner à tous un démenti formel... leur prouver que si vous m'aimez, c'est pour moi, pour moi seul... Jeanne, il faut me suivre à Paris... ce soir même.

JEANNE.

Moi!... ce soir!...

RENÉ.

Oh! ne craignez rien... je vous le jure, bientôt vous serez ma femme, et jusque-là vous serez ma sœur, rien que ma sœur.

JEANNE.

René, je ne comprends pas bien ce que vous me demandez là... mais ce doit être quelque chose de mal... je le sens à la rougeur qui me monte au visage... Est-ce donc que vous voulez que je quitte le pays furtivement, sans en rien dire à personne... sans oser embrasser ma mère?...

RENÉ.

Enfant... cette action qui vous effraye en cet instant, vous semblera moins terrible si vous voulez réfléchir... Partez, Jeanne, partez avec moi, et ce monde prêt à vous accuser de calcul, se taira devant une telle preuve d'amour, et lorsqu'il ouvrira la bouche pour vous calomnier, alors vous porterez mon nom... et il ne trouvera plus rien à dire... sinon que Jeanne a suivi René Noirel parce qu'elle l'aimait,.. et que René Noirel a épousé Jeanne parce qu'il l'aimait.

JEANNE.

Mais ma mère, René... ma mère!...

RENÉ.

Nous lui écrirons... Je prendrai soin d'elle comme de vous-même... Elle se consolera quand elle saura que vous êtes heureuse... Jeanne, Bellotte, votre amie, part ce soir... nous partirons avec elle... voulez-vous?

JEANNE.

Non, non, jamais!

RENÉ.

Jeanne, madame de Marennes avait-elle raison?... Jeanne, est-ce que tu ne m'aimes pas?

JEANNE.

Si, si, René, je vous aime... mais j'aime aussi ma mère.

RENÉ.

Eh bien! en devenant ma femme, vous assurez le bonheur, le repos de ses vieux jours.

JEANNE, éperdue.

Oui... je le sais bien... mais partir ainsi!... que dira le village?...

RENÉ.

Que vous fait le village, puisque nous allons à Paris?...

JEANNE, avec prière.

René, que vous ferait Paris si nous restions au village?...

RENÉ.

Rester ici, maintenant! moi?... j'aimerais mieux mourir, Jeanne... j'aimerais mieux...

JEANNE, avec un cri.

M'oublier!... Oh! ne dites pas cela! ne dites pas cela!... car je vous aime, René!... et je ne vous oublierais pas, moi...

RENÉ.

Jeanne! ma bien-aimée!... pardonne-moi les larmes que je te fais répandre! mais je ne veux pas que le monde puisse douter de toi... de ton amour.

JEANNE.

René!...

RENÉ.

Tu feras ce que je te demande? tu viendras?...

JEANNE, brisée.

Je viendrai... je... oui... oui... (Elle tombe dans les bras de René en sanglotant.)

RENÉ, à part.

Ah! comtesse de Marennes, c'est mon argent que l'on aime, avez-vous dit!... Eh bien! je pourrai vous dire que vous mentez. (Il la fait asseoir dans le fauteuil; en s'en allant.) Du courage, Jeanne, et à ce soir. (Il sort vivement par le fond.)

SCENE VI.

JEANNE, puis BELLOTTE.

JEANNE, avec égarement.

Mon Dieu! mon Dieu! ayez pitié de moi!... conseillez-moi! inspirez-moi!... (Bellotte paraît au fond; elle a la même toilette qu'au premier acte, seulement elle cache des plumes de coq qu'elle tient dans une main.) Bellotte!

BELLOTTE.

Bonjour, petite... Comment se porte-t-on ici?

JEANNE.

Mais pas mal.

BELLOTTE.

Tant mieux!... Comment me trouves-tu?

JEANNE.

Comme toujours.

BELLOTTE.

Oui, comme toujours. (A part.) Pour quelque temps encore! La même robe... mais ceci!... (Elle montre ses plumes de coq.)

JEANNE, distraite.

Qu'est-ce que c'est?

BELLOTTE.

C'est les plumes de Mitouflard... Mitouflard, notre grand coq, tu sais?... Ah! le brigand! m'en a-t-il flanqué de ces coups de bec!... mais j'ai tenu bon... et son panache m'est resté dans la main. (Se pavanant.) Il paraît que ça se porte à Paris... toutes les femmes ont quelque chose sur la tête... les hommes aussi, à ce que dit monsieur de Montflanquin... et moi, dame! tu comprends, au moment d'aller visiter la capitale...

JEANNE.

C'est donc bien vrai que tu es décidée à partir?

BELLOTTE.

Un peu que je le suis... un peu que j'y vas... Oh! Dieu!... je voudrais déjà y être.

JEANNE.

Ça ne te fait donc rien, à toi, de quitter le village?

BELLOTTE.

Le village!... le village! mais je m'en fiche du village!... En voilà-t-il pas une existence!... Ici, il n'y a pas seulement d'opira ni d'hippodrôle. Je veux voir tout ça, moi! je veux avoir ma loge aux pouffes.

JEANNE.

Ah! t'as bien vite pris ton parti, toi!

BELLOTTE.

J' crois ben!... ah! dame! c'est que j'en sais long, va... D'abord Paris... ça veut dire en abrégé paradis... Tu comprends... Eh ben! dans ce paradis-là, il paraît que l'argent se trouve à gogo... et qu'il y a des maisons toutes dorées où l'on vous donne tout plein de bonnes choses sans que vous ayez même besoin de dire merci!... Ah! si depuis huit jours tu avais entendu comme moi monsieur de Montflanquin!

SCENE VII.

LES MÊMES, GRINCHEUX.

GRINCHEUX, qui est entré sur les dernières phrases.

Ah! tu l'avoues donc enfin!

BELLOTTE.

Allons bon!... le voilà encore celui-là!

GRINCHEUX, beuglant.

Elle l'a avoué!

BELLOTTE.

Oh! comme ce paysan m'attaque le système!

GRINCHEUX, plus fort.

Elle l'a avoué!

JEANNE.

Grincheux, voyons, ne vous faites pas de chagrin comme ça.

GRINCHEUX, de même.

Mais puisque je vous dis que, chaque jour, elle s'en va au château, nà... qu'elle écoute les entortillages de monsieur de Montflanquin, nà... qu'elle mange toute la journée des friandises qui la rendent malade, nà, et qu'elle ne m'aime pas, nà...

BELLOTTE.

Oh ! le système... le système !

JEANNE.

Bellotte !

BELLOTTE, *furieuse.*

Non... il me l'attaque... il me l'attaque... je ne peux plus le voir... quand je l'aperçois, je deviens comme un coq !...

GRINCHEUX, *se montant.*

Eh ben !... suis-les, les conseils de ce mirliflor... Vas-y à Paris, vas-y, sans cœur... et tu m'en diras des nouvelles... je veux que tu reviennes bientôt ici... comme René Noirel... haïe par tout le monde, méprisée par tous... Alors, quand personne ne voudra plus te regarder, tu seras bien contente d'accepter ma main. (*Pleurant.*) Et je me connais, je serai assez poule mouillée pour te la lui offrir.

BELLOTTE.

Poule mouillée... il a trouvé son nom.

GRINCHEUX.

Ça ne porte pas bonheur, vois-tu, de quitter comme ça les cœurs qui vous aiment... Et souviens-toi que quand on fait mal, le bon Dieu, qui est là-haut, vous en punit toujours.

JEANNE, *à part.*

Oh ! il a raison... il a raison.

BELLOTTE.

Ta, ta, ta !...

GRINCHEUX.

Oui, ta, ta, ta, tant que tu voudras... mais retiens bien mes paroles : v'là c'qui t'arrivera... je .. parce que... enfin... je ne te dis que ça.

BELLOTTE.

Imbécile ! c'est-y toi qui me donneras des robes en soie... des jupons en crysalide et des chapeaux à ramages, avec des voitures à armoires et des laquais jaunes ? (*Frappée d'une idée.*) Ah !... si tu veux, je l'attache à ma personne.

GRINCHEUX.

Oh ! et dire que c'est Montflanquin qui lui a monté la tête comme ça... (*Furieux.*) Je vais le tuer.

BELLOTTE, *effrayée.*

Cristi ! veux-tu rester là.

GRINCHEUX, *hors de lui.*

Laisse-moi... et rappelle-toi la chanson du ménétrier... le père Mathias est sorcier... ce qu'il chante, c'est l'avenir. (*Il sort furieux par le fond.*)

BELLOTTE, *le suivant.*

Grincheux ! Grincheux ! Ventre de biche !... il est capable de me ruiner. (*Elle sort.*)

SCÈNE VIII.

JEANNE, *seule, puis* MARGUERITE.

JEANNE.

La chanson du ménétrier, a-t-il dit !... celle qu'il nous chantait à ma fôle, il y a huit jours.. (*Musique à l'orchestre pendant qu'elle récite le couplet.*)

> Elle revient frapper à la chaumière,
> Mais pour toujours elle est déserte, hélas !
> Ceux qui l'aimaient sont tous au cimetière.
> Ma pauvre enfant, ils ne t'ouvriront pas !
>
>   (*La musique seule achève l'air.*)

Oui, oui... (*Elle tombe à genoux.*) Oh ! merci, mon Dieu, merci, vous m'avez inspirée.

MARGUERITE, *entrant, elle court à elle et la relève.*

Jeanne, mon enfant, qu'as-tu ?

JEANNE.

Ma mère, je demandais pardon à Dieu de vous avoir fait de la peine pendant huit grands jours.

MARGUERITE.

De la peine ?... Oui, un peu, parce que je te voyais triste ; mais si tu ne l'es plus, je vais être joyeuse tout de suite.

Oh ! combien vous êtes bonne... Tenez, laissez-moi vous embrasser. (*Elle l'embrasse.*) Ça me fait du bien... il me semble que j'ai été séparée de toi pendant bien longtemps.

MARGUERITE.

Allons, essuie ces larmes qui brillent aux bords de tes grands cils, méchante.

JEANNE, *souriant.*

Tu m'aimes donc encore ?

MARGUERITE.

Est-ce que ça se demande ?... Tiens, fais-moi toujours du cha-

grin... t'es si câline quand tu veux te faire pardonner... Eh bien ! quoi donc ! encore une grosse larme ?... Heureusement que j'ai là de quoi changer ta tristesse en joie.

JEANNE.

Qu'est-ce que c'est donc ?

MARGUERITE.

C'est une surprise... ferme les yeux.

JEANNE.

Moi ?

MARGUERITE.

Ferme les yeux, que je te dis... tu vas voir. (*Elle a mis le fauteuil au milieu de la chambre.*)

JEANNE *ferme les yeux et met ses mains devant.*

Voilà.

MARGUERITE.

Tu ne triches pas, au moins ?

JEANNE.

Non. (*Elle retire la main, Marguerite s'en aperçoit.*)

MARGUERITE, *près de l'armoire.*

Ah ! tu vois bien que tu triches.

JEANNE, *met ses mains devant ses yeux.*

Eh bien ! est-ce fait ?

MARGUERITE.

Attends donc, tout à l'heure.

MARGUERITE, *retirant de l'armoire la robe qu'elle étale sur le fauteuil, et s'asseyant près de la table.*

Là... Maintenant ouvre-les... bien grands.

JEANNE, *regardant.*

Ah !... la jolie robe !... mais c'est la vôtre, ma mère.

MARGUERITE.

Celle avec laquelle je me suis mariée.

JEANNE.

Celle qui, toute petite fille me faisait, si fort battre le cœur, quand vous me disiez : Quand tu seras grande et bien sage, elle sera pour toi.

MARGUERITE.

Justement... eh bien ! la voilà.

JEANNE.

Mais elle ne m'ira jamais.

MARGUERITE.

Tu crois ça... eh ben ! tu vas voir. (*Elle enlève la robe de Jeanne et lui passe l'autre.*) Tiens !... (*Jeanne se regarde dans la glace, à droite.*) Regarde-toi.

JEANNE, *se mirant et sautant de joie.*

Ah ! c'est ça... c'est ça... (*S'arrêtant.*) Mais alors... cette fatigue que je lisais sur votre front depuis quelques jours...

MARGUERITE.

Moi... tu te trompais.

JEANNE, *avec des larmes dans la voix.*

Oh ! ma mère... vous passiez vos nuits à embellir votre fille. Tenez, laissez-moi m'agenouiller devant vous. (*Elle veut se mettre à genoux, Marguerite l'attire sur son sein.*)

MARGUERITE.

Jeanne... mon enfant... tu pleures.

JEANNE.

Oui, mais ce sont des larmes de joie... (*à part*) des larmes de repentir.

TOUTES LES BOISIÈRES, *au lointain et criant.*

Jeanne ! Jeanne !

MARGUERITE, *lui mettant sa capuche.*

Dépêchons-nous ! dépêchons-nous ! il ne faut pas les faire attendre...

SCÈNE IX.

LES MÊMES, LE GARDE-CHASSE.

LE GARDE, *ouvrant la fenêtre du dehors, et passant sa tête.*

Oh ! hé ! mère Marguerite... Jeanne est-elle prête ?

MARGUERITE, *achevant d'habiller Jeanne.*

Ça y est...

JEANNE.

Quel bonheur !

LE GARDE.

Voilà toutes les boisières qui viennent la chercher.

MARGUERITE.

Qu'elles entrent !... (*Marguerite cache derrière elle Jeanne.*)

TOUTES LES BOISIÈRES, *en toilette.*

Jeanne! Jeanne! nous voilà!

LA GOULEUSE.

Eh ben ! et Jeanne où est-elle ? (*Marguerite la démasque.
Elles aperçoivent Jeanne et poussent un cri d'admiration.*) Oh !

MARGUERITE.

Eh ben ! la v'là... Qu'est-ce que vous dites de ça, vous autres ?

LA GOULEUSE.

Oh ! la belle robe ! c'est en vraie soie !.. C'est-y reluisant tout de même... et elle nous avait caché ça, la sournoise.

JEANNE.

Mais c'est une surprise, une surprise de ma bonne mère.

LA GOULEUSE.

Et quelle capuche !... en drap fin, dà ! C'est dommage qu'elle soit si large ! ce qui n'empêche pas que ce sera la reine de la fête : les jambes me démangent. En route pour le carrefour de la forêt...

TOUTES.

Oui, oui, partons, partons !

LA GOULEUSE.

Mais, qu'elle est jolie, donc !

JEANNE.

Vraiment ?... (*A part.*) Quel bonheur !.. peut-être qu'en me voyant si bien mise... René voudra m'écouter.

LA GOULEUSE.

Allons, allons, partons... les garçons doivent s'impatienter, et les messieurs du château, donc !... des vrais diables déchaînés. (*Riant.*) Un surtout qu'est ben amusant... il boit avec tout le monde, si bien que, tout monsieur qu'il est, il est gris autant et peut-être plus que mon amoureux... Ah ! nous allons-t-y rire !

TOUTES.

Partons ! partons !

JEANNE, *fausse sortie.*

Et vous, mère, vous ne venez pas ?

MARGUERITE.

Je vous suis... quand on a une fille si bien parée ! il faut faire un petit bout de toilette !... Partez devant, je vous rejoins. (*Elle entre à droite, les Boisières emmènent Jeanne.*)

TOUTES, *en sortant.*

Au revoir, mère Marguerite, au revoir. (*Grincheux, qui est entré, aperçoit le garde qui s'en va derrière les autres, son fusil sous le bras ; il le lui vole sans qu'il s'en doute.*)

SCÈNE X.

GRINCHEUX, *puis* BELLOTTE.

GRINCHEUX.

Enfin !... je tiens une arme !... il ne me reste plus qu'à tenir le Montflanquin au bout de mon fusil !... et ça ne sera pas long.

BELLOTTE, *entrant et fermant la porte.*

Avise-toi-z-en !

GRINCHEUX.

Bellotte !

BELLOTTE.

Je ne veux pas que tu touches à Montflandrin.

GRINCHEUX.

Ah ! t'as peur pour ses jours.

BELLOTTE.

Non, pour les robes qu'il m'a promises.

GRINCHEUX.

Retire-toi de là !

BELLOTTE.

Ah ! ne plaisante pas avec les armes à feu... ça pourrait partir..

GRINCHEUX.

Tu crois que...

BELLOTTE.

Ça s'est vu !

GRINCHEUX, *lâchant le fusil.*

Autre chose. (*Il prend un bâton.*) Je vas l'assommer avec ça.

BELLOTTE, *ramassant le fusil.*

Fais un pas et je lâche le chien !

GRINCHEUX.

Bellotte, pas de bêtise !

BELLOTTE.

Jure de respecter les jours de...

GRINCHEUX.

Mais...

BELLOTTE.

Je lâche le chien !

GRINCHEUX.

Cristi ! cristi ! que je suis mal à mon aise ! (*On entend des rires et des huées au dehors.*)

BELLOTTE.

Qu'est-ce que c'est que ça ?

GRINCHEUX, *courant à la fenêtre.*

Je vois rien du tout... (*Il monte sur une chaise.*) Tiens, c'est particulier... c'est quelqu'un qu'on entoure, qu'on a l'air de huer !

BELLOTTE.

Qui ça ?

GRINCHEUX.

J'en sais rien encore... Ah ! mon Dieu !... mais oui... Oh non... c'est pas vrai.

BELLOTTE.

Quoi donc, animal ?

GRINCHEUX.

On dirait que c'est Jeanne !... Oui, c'est elle !... la voilà qu'elle accourt comme une folle de ce côté... Ah ! court-elle... court-elle... la v'là !

SCÈNE XI.

LES MÊMES, JEANNE.

JEANNE, *entrant, pâle, éperdue.*

Ah ! mon Dieu ! mon Dieu ! les jambes me manquent !

BELLOTTE.

Jeanne... c'est-y bien possible !

JEANNE.

J'étouffe... Ah! Grincheux, courez là-bas... René... il a pris ma défense... il se bat peut-être...

GRINCHEUX.

Oui, j'y cours... Qu'est-ce que ça veut dire, tout ça ! (*Il sort en courant.*)

SCÈNE XII.

JEANNE, BELLOTTE.

BELLOTTE.

Mais explique-moi donc ce qui s'est passé ?

JEANNE.

Arrivés au carrefour, nous y avons trouvé les gens du château... les garçons en train de boire... et au milieu d'eux... un de ces jeunes messieurs qui buvait et trinquait avec eux ! — Venez, disait la Gouleuse, venez donc voir comme Jeanne est jolie avec ses belles affaires... et j'ai été sur-le-champ entourée de garçons qui m'admiraient, lorsque monsieur de Saint-Laurent, je crois, s'est mis à tourner en ridicule ma coiffure... ma robe... Elle date de François Ier, disait-il.. Tu ressembles à une tapisserie des Gobelins, mon enfant ; qui est-ce qui t'a tendue comme ça ? De quel cadre sors-tu ? et cent autres railleries que les boisières comprenaient à peine, mais qui prouvaient cependant qu'il se moquait de moi... et les gens du château riaient à gorge déployée, excepté cette comtesse de Marennes qui semblait vouloir prendre ma défense, et dont la pitié ironique faisait doubler les insultes... moi je pleurais, et mes amies, si bonnes tout à l'heure, me tournaient le dos.

BELLOTTE.

C'était de la jalousie.

JEANNE.

René est arrivé... il a voulu s'interposer... les paysans s'en sont mêlés... alors il s'est approché de moi et m'a dit... d'un ton que je n'oublierai jamais : Quittez donc cela, vous êtes ridicule !... sur ce mot, je me suis sauvée comme une folle ! alors, les cris, les rires ont redoublé.

BELLOTTE.

Ah ! que si j'étais à ta place, je sais bien ce que je ferais.

JEANNE.

Quoi donc ?

BELLOTTE.

Je n'en ferais ni une ni deux. Je partirais.

JEANNE, *à part.*

Partir ! oui, René me l'a dit tout à l'heure, il m'a dit : Jeanne, ce soir même, je pars... une suivrez-vous ?... Rester ici seule, tandis que là bas, cette femme !...

BELLOTTE.

Essuie tes yeux ; voilà la mère Marguerite.

SCENE XIII.

LES MÊMES, MARGUERITE.

MARGUERITE, sortant de droite sans les voir.

Cette petite croix que j'ai retirée de ma commode, complétera son costume. (*Apercevant Jeanne.*) Jeanne !... comment, t'es pas encore partie, mon enfant?

JEANNE.

Non, ma mère.

MARGUERITE.

T'as donc voulu m'attendre, chère petite?... Tiens, v'là pour ta peine. (*Elle lui donne une petite croix. Voyant que Jeanne ne se détourne pas.*) Eh ben! v'là tout c'que tu me dis, toi qui ambitionnais un bijou depuis si longtemps... mets donc celui-là à ton cou, et partons pour la fête.

JEANNE, *ôtant sa capuche.*

La fête... j'veux pas y aller.

MARGUERITE.

Pas y aller... et t'ôtes ta capuche.

JEANNE.

Oui, c'te coiffure-là... elle est ridicule.

MARGUERITE.

Ridicule ?... Ah !...

JEANNE.

Vous voyez bien qu'elle ne me va pas ; elle est trop grande.

MARGUERITE.

Dame ! j'ai pas eu le temps de l'arranger à la mode d'aujourd'hui, faut pas m'en vouloir... je n'ai pu travailler qu'à la robe. (*Apercevant Jeanne qui se déshabille.*) Eh ben! qu'est-ce que tu fais donc là?

JEANNE.

Cette robe ne me va pas non plus... et puis, cette étoffe-là, elle est ridicule aussi.

MARGUERITE.

Oh !... et moi qui avais cru... (*Elle dépose la croix sur la table.*) Jeanne, qu'est-il arrivé pendant mon absence, pour que tu sois changée ainsi?... t'étais si contente tout-à-l'heure.

JEANNE, *reprenant sa vieille robe.*

Cette coiffure, cette robe, c'est pas mon affaire... ma véritable toilette, la voilà... ma robe de laine, ma robe de travail... au moins, celle-là n'est pas ridicule.

MARGUERITE.

Jeanne, je vois ce que c'est... les filles du pays t'ont jalousée.

JEANNE.

Non, elles n'ont rien dit, c'est moi qui ai compris que j'étais trop pauvre pour porter (*avec ironie*) un si beau costume, car je ne suis qu'une fille qui ramasse du bois dans la forêt... c'est mon état, et je suis condamnée à le faire toute ma vie.

MARGUERITE.

Dame! ma pauvre fille, moi, j'peux pas t'en donner un autre,... tout ce que je peux te dire, c'est de ne pas travailler ; et tout ce que je peux faire, c'est de travailler pour nous deux.

JEANNE, *elle passe devant sa mère.*

Et vous pensez que j'aurai ce cœur-là ?... Non, et si l'état est trop pénible pour moi... plutôt que de vous être à charge... eh ben!... je... m'en irai... à Saint-Sauveur... je me mettrai en service... Mariette l'a fait... et elle gagne six écus par mois. (*Elle remonte au lit.*)

MARGUERITE.

Oh! Jeanne... il y a quelque chose là-dessous ; tu ne me parles pas comme à ton ordinaire, tu me caches quelque chose?

JEANNE.

Eh ben! oui, là... C'est pas à Saint-Sauveur que je veux aller... c'est à Paris.

MARGUERITE, *naïvement.*

A Paris... mais t'es folle, Jeanne.

JEANNE.

Folle?... non, ma mère, non... mais j'peux plus vivre ainsi... j'veux aller à Paris.

MARGUERITE.

A Paris... mais qu'y feras-tu?

BELLOTTE, *s'avançant.*

Ce qu'elle y fera?... parbleu ! elle y fera fortune... comme moi... j'ai déjà une place de lectrice chez la tante de monsieur de...

MARGUERITE.

Laisse-moi tranquille, toi. (*Bellotte remonte au fond en silence. A Jeanne.*) Jeanne, tu veux me quitter !.. Ah ! il y a déjà quelques jours que tu formes ce projet-là... et v'là pourquoi t'étais si triste, si pensive.

JEANNE.

Ma...

MARGUERITE.

Ne réponds pas, ne réponds pas... si ce n'est pour me dire que je me suis trompée... que c'est pas ta pensée. (*Un silence. Marguerite lui prend la main et lui dit doucement.*) C'est donc vrai, tu veux me laisser toute seule ici?... Oui... O mon Dieu! mon Dieu!...

JEANNE.

Ma mère!

BELLOTTE, *à Marguerite.*

Mais ne vous faites donc pas de chagrin comme ça... Jeanne aura une excellente place... (*Bas à Jeanne.*) Du courage !... (*Haut.*) Voyons, mère Marguerite, faut penser à tout... Jeanne n'est pas très-forte en santé... ce métier pourrait bien tourner à mal pour elle, tandis qu'à Paris...

MARGUERITE, *sans l'écouter, à Jeanne.*

Et... quand dois-tu partir ?

BELLOTTE.

Ce soir même.

MARGUERITE.

Ce soir... ce soir... mais c'est tout à l'heure ce soir... sitôt que ça ?... sitôt que ça ? (*Elle éclate en sanglots et tombe sur la chaise près de la table.*)

BELLOTTE et JEANNE.

Marguerite ! Ma mère!

MARGUERITE.

Ne vous effrayez pas, ça se passera. Je pleure plus... je pleure... (*Essuyant une larme.*) Ah ! encore une larme... mais c'est la dernière !... C'est que, voyez-vous, on ne peut pas se faire comme ça tout de suite... à l'idée que... quand toute ma vie on avait pensé... c'était de l'égoïsme de ma part... C'est vrai, qu'elle est bien frêle, bien délicate...

JEANNE.

Mère, pardonne-moi !...

MARGUERITE.

Oh ! j'sais bien qu'en t'en priant bien fort, tu resterais près de moi... mais c'est fini maintenant, tu serais malheureuse... et moi je me reprocherais de te voir souffrir... T'as raison, Jeanne, il faut partir...

JEANNE, *à part.*

Mon Dieu!... cette pâleur !

MARGUERITE.

Au moins tu m'aimeras tout de même?

JEANNE.

Ma mère !...

MARGUERITE.

Et tu ne pourras pas te dire : Ma mère n'a pas su m'aimer pour moi... (*Elle cache sa tête dans ses mains.*)

JEANNE, *à part.*

Oh ! c'est trop ! c'est trop !... (*Elle tombe sur le dos de la chaise où est sa mère.*)

BELLOTTE, *bas.*

Viens, viens. (*Elle l'entraîne vers sa chambre.*)

JEANNE, *en s'en allant, à part.*

Oh ! mère ! mère ! bientôt je pourrai te faire partager mon bonheur. (*Ils sortent à droite.*)

SCENE XIV.

MARGUERITE, seule ; puis GRINCHEUX.

MARGUERITE, se levant.

Allons !... quand je pleurerai !... c'est fini !... je vas être seule, toute seule... Voyons !... qu'est-ce qu'elle va emporter ?... (*Elle redescend le fauteuil à l'avant-scène de droite, prenant la robe de soie.*) C'te robe?... Non, elle n'en veut plus !... (*Elle cherche dans les meubles.*) Mais alors je n'ai rien à lui donner... pas d'argent !... (*Elle prend dans la commode un petit carton dans lequel est la montre.*) Ah ! là montre de mon pauvre père!... c'est de l'argent ; si Jeanne a besoin... elle la vendra !... (*Elle vient près de la table et met la croix dans le carton. Grincheux entre et va s'asseoir à droite.*)

GRINCHEUX.

Faites pas attention, mère Marguerite, mais les jambes me

rentrent... O mère Marguerite, je suis-t-y capon, je suis-t-y capon! j'ai pas tué le Montflanquin, et il va partir... j'ai vu la chaise de poste tout attelée.

MARGUERITE, *assise près de la table.*

Tuer monsieur de Montflanquin... Et pourquoi?...

GRINCHEUX, *se levant.*

Pourquoi?... Mais vous ne savez donc pas que le Montflanquin a magnétisé Bellotte... absolument comme René Noirel a magnétisé votre fille.

MARGUERITE, *se levant.*

René Noirel!... que dis-tu là?

GRINCHEUX, *pleurant.*

Que vous et moi, nous sommes deux mères bien infortunées... car Montflanquin enlève Bellotte ce soir, comme René enlève Jeanne,

MARGUERITE.

Tu mens!... (*Elle s'élance vers lui.*) Je te dis que tu mens !

GRINCHEUX.

Mais non que je ne mens pas; à preuve que, tous les soirs, quand vous dormez, Jeanne va rejoindre René à l'entrée du bois... à preuve enfin qu'il lui a fait promettre de le suivre ce soir même à Paris. (*Il remonte au fond.*)

MARGUERITE.

O mon Dieu! mon Dieu! (*Voyant Jeanne entrer.*) C'est elle...

GRINCHEUX, *à part.*

Ma foi tant pis !... je l'ai dit ! Je voudrais voir toutes les femmes au fin fond de la rivière.

SCÈNE XV.

LES MÊMES, JEANNE, *elle a repris son costume du premier acte.*

JEANNE, *à part.*

Oh! les forces m'abandonnent.

MARGUERITE, *allant à Jeanne, et avec force.*

Jeanne! à quelle heure votre amant doit-il venir vous chercher?...

JEANNE.

Mon amant!

MARGUERITE.

Comment appelez-vous donc l'homme qui enlève une fille à sa mère?

JEANNE.

Je te le jure!... monsieur René n'est pas mon amant!...

MARGUERITE.

Assez. Je ne veux pas me trouver en présence de cet homme. Dites-moi donc à quelle heure il doit venir vous enlever...

GRINCHEUX, *qui a vu par la fenêtre.*

A quelle heure? Tenez, pas plus tard que tout de suite. Donnez-vous donc la peine d'entrer, monsieur Noirel. (*Il a ouvert la porte et démasque René.*)

RENÉ, *faisant un pas vers Grincheux.*

Misérable !

MARGUERITE, *avec douleur, s'avançant sur Noirel.*

Vous venez m'arracher mon enfant, n'est-ce pas?.... Mais je vous la disputerai, entendez-vous... (*A Jeanne.*) Prends garde à cet homme; il porte déjà sur son front la malédiction d'une morte!

RENÉ.

Madame !

MARGUERITE.

C'est à ma fille que je parle, monsieur, et pas à vous... (*A Jeanne.*) Maintenant, choisis entre ta mère et ton amant !

JEANNE, *se jetant dans les bras de Marguerite.*

Vous! c'est vous, ma mère!

MARGUERITE.

Ah! merci mon Dieu! j'ai sauvé ma fille !

GRINCHEUX, *pleurant.*

Bien, Jeanne, bien !

RENÉ, *à part.*

Echouer si près du but !

GRINCHEUX, *poussant un cri.*

Ah! la chaise de poste qui emmène les habitants du château ! Grand Dieu! Bellotte qui est derrière ! Bellotte!... Bellotte!.... (*On entend le départ de la chaise de poste.*)

RENÉ, *à part, avec joie.*

Louise est partie!... elle ne saura rien !

GRINCHEUX.

Ma foi, j'y tiens plus.... Adieu, Marguerite, adieu, Jeanne, adieu, le village... J'y vas aussi, moi, à Paris. (*Il sort en courant par le fond.*)

RENÉ.

Jeanne, choisissez à cette heure entre votre mère et votre mari. Marguerite, je vous demande la main de Jeanne!

JEANNE.

Vous l'entendez... vous l'entendez... (*Elle se détache peu à peu des bras de sa mère.*) Ma mère, je l'aime !

MARGUERITE, *avec douleur.*

C'est bien !... que votre volonté soit faite, ma fille !... Quant à vous, monsieur, jusqu'à ce que ce mariage s'accomplisse, Jeanne ne me quittera plus !... (*Avec intention.*) Et je vous promets de bien veiller sur elle !...

RENÉ, *tendant les bras.*

Jeanne !

MARGUERITE, *saisissant sa fille dans ses bras.*

Monsieur!... Elle m'appartient encore. (*Jeanne est dans les bras de sa mère. René s'éloigne. Le rideau tombe.*)

ACTE III.

LES ITALIENS.

Le couloir des premières loges de balcon; au deuxième plan, trois loges faisant face au public; à droite, celle de Jeanne ; au milieu, celle de Bellotte; à gauche, celle de Louise. — Chacune de ces loges est précédée d'un salon, de manière que l'on puisse voir ce qui se passe à l'intérieur. — Au lever du rideau, on entend l'orchestre de l'opéra qui joue le chœur de la Norma, on entend le chant; droite et gauche, les ouvreuses et une bouquetière.

SCÈNE I.

GRINCHEUX, *puis* MONTFLANQUIN. (*Grincheux est vêtu en domestique; il se promène dans le couloir.*)

GRINCHEUX *s'arrête devant la loge après le chant.*

O Bellotte! Bellotte!... c'est donc bien amusant d'entendre beugler tous ces gens-là! (*Descendant.*) De boisier devenu domestique, quelle dégringolade!... Dire que pour ne pas quitter Bellotte et pour veiller sur sa vertu, j'ai été obligé d'accepter cet emploi humiliant. Oui, moi, Grincheux, depuis trois mois je monte derrière sa voiture, et je couche sur son paillasson. — Domestique le jour et caniche la nuit... Oh! (*Montflanquin paraît à droite. Grincheux se précipite en travers de la loge de Bellotte.*)

MONTFLANQUIN, *passant; il donne son paletot et son chapeau à l'ouvreuse.*

Bonjour, mon garçon, bonjour. (*Il va à la loge de Louise.*) Me voici, comtesse.

LOUISE, *que l'on voit.*

Eh bien! M. Jolivet viendra-t-il?

MONTFLANQUIN.

Je l'ignore, comtesse; il n'était pas chez Tortoni.

LOUISE.

Et quelles nouvelles de la Bourse?

MONTFLANQUIN.

Ma foi, vous ne m'aviez pas dit...

LOUISE.

Ah! vous n'êtes bon à rien. (*Montflanquin entre; la porte se ferme.*)

GRINCHEUX, *respirant.*

Allons! j'en suis encore quitte pour la peur. Du reste, il faut être juste ; depuis trois mois que M. de Montflanquin a mis Bellotte dans une calèche et dans du palissandre, il ne nous a point importunés de ses visites. Jamais nous ne le voyons; c'est un drôle d'original tout de même, et heureusement pour lui; car bien sûr, s'il avait voulu toucher les intérêts de son argent... (*Colère sourde.*) Oh! je le sens... je l'aurais massacré !

SCÈNE II.

GRINCHEUX, RENÉ, JEANNE, UN DOMESTIQUE, *puis* SAINT-LAURENT *et* HENRI.

GRINCHEUX, *les apercevant.*

Ah ! voilà monsieur Noirel et Jeanne... Dieu! est-elle jolie! dire que si j'avais pu en cajoler une autre que Bellotte!

RENÉ, *au domestique en lui donnant son paletot,*

La voiture pour onze heures. (*Il sort. A Jeanne.*) Eh bien ! vous sentez-vous mieux ?

JEANNE.

Non, mon ami, et je suis fâchée d'être venue aux Italiens.

RENÉ.

Nous ne pouvions nous en dispenser, Jeanne. C'est aujourd'hui la rentrée de la Grisi, et tout Paris doit y être.

JEANNE, *souriant et allant à leur loge.*

Il faut donc se résigner. (*La porte se referme. Grincheux a repris sa promenade. On entend des murmures d'admiration dans la salle.*)

SAINT-LAURENT, *arrivant vivement, suivi d'Henri.*

Qu'est-ce que c'est que ce bruit-là ?... est-ce que la Grisi a inventé une huitième note ?

HENRI, *qui s'est mis au carreau de la loge de Jeanne.*

Eh ! non, mon cher, c'est tout simplement l'entrée de la belle Jeanne qui fait son effet ordinaire.

GRINCHEUX.

Décidément les jambes me rentrent dans le ventre ! Ah ! cette banquette ! de là, je verrai tout de même. (*Il disparaît un instant à droite.*)

SAINT-LAURENT, *qui s'est mis au carreau.*

Tu as pardieu raison !... ventre saint-gris ! elle est plus belle que jamais, et tout aussi triste. (*Il prend la main d'Henri.*) Henri, tu me croiras si tu veux, mais je donnerais volontiers dix années de ma vie et quinze de la tienne pour qu'elle n'aimât pas ce Réné Noirel.

HENRI, *riant.*

Je conçois cela, parbleu ! moi, pour être aimé d'elle, je donnerais volontiers ta vie tout entière.

SAINT-LAURENT, *avec regret.*

Ah ! qui m'eût dit qu'un jour je regretterais d'avoir été toute ma vie un affreux garnement et d'avoir dévoré en cinq ans l'héritage de mes pères... Si j'avais encore tout ce que je n'ai plus, Henri, j'aposterais ici des hommes masqués jusqu'aux genoux et armés jusqu'aux dents ; je la ferais enlever, et j'irais vivre avec elle dans une des îles de l'Océan Pacifique.

HENRI.

Viens donc entendre le premier acte.

SAINT-LAURENT.

En ce moment, je serais capable d'un acte insensé, mais non d'entendre celui-là...

HENRI.

Allons, voyons, tu es fou.

SAINT-LAURENT.

Dis que je suis enragé contre le bonheur de ce paysan dégrossi, de cet homme des bois ! C'est qu'en vérité, il y a, dans son aventure, un piquant que je n'ai jamais rencontré dans toutes mes caravanes... Cette enfant naïve qui, il y a trois mois encore, faisait des fagots comme Sganarelle, et qui, de même que celui-ci est devenu médecin malgré lui, est devenue malgré elle, et par amour pour ce drôle, la plus ravissante créature de la métropole (vieux style) ; c'est à se faire sauvage, c'est à dîner à quarante sous ! (*Passade d'un monsieur et d'une dame.*)

HENRI.

Allons, voyons, tu trouveras des consolations... Il y a encore à Paris quelques femmes qui la valent bien.

SAINT-LAURENT.

Ne dis pas cela, ou je te cloue à la porte de sa loge ; je lui envoie ta tête dans un bouquet de camélias.... Tiens, c'est une idée.

HENRI, *riant.*

Plaît-il ?

SAINT-LAURENT *parle bas à l'ouvreuse de gauche.*

Les camélias seulement. (*Un valet entre ; Saint-Laurent lui donne sa bourse.*) Tiens, Félix, crève tous les chevaux que tu rencontreras, et rapporte-moi un bouquet gros comme... comme mademoiselle Bellotte Taupier... (*Au valet.*) Tu la connais ?

LE DOMESTIQUE.

Oui, monsieur. (*Fausse sortie.*)

SAINT-LAURENT.

Eh bien, règle-toi là-dessus... (*Le rappelant.*) Ah ! s'il coûte moins de cinq louis, je te chasse. (*Le valet sort.*)

HENRI, *riant.*

Ah ! ah ! ah !

SAINT-LAURENT.

Pourquoi ris-tu ?

HENRI.

Ah ! ah ! ah ! c'est parce que je pense qu'il y a trois mois, tu as eu la malheureuse idée de rire de la pauvre petite robe de Jeanne Provins.

SAINT-LAURENT, *avec colère.*

Ne me rappelle pas cela, Henri !... Après tout, bah ! tout est pour le mieux dans le meilleur des mondes ; car si je n'avais pas ri de la petite paysanne, la petite paysanne n'aurait pas eu, peut-être, les désirs ambitieux que mes railleries ont allumés en elle. Jeanne Provins aurait encore ses petits pieds dans de gros sabots, et je ne pourrais jamais l'aimer.

HENRI.

C'est égal, elle te garde rancune, sans doute, et si quelque jour tu veux mettre ton cœur trop près du sien, elle te jettera au nez la robe à ramages et la capuche des anciens jours.

SAINT-LAURENT.

Non, non... elle me pardonnera... Je ferai tout ce qu'elle voudra... j'irai au bois en selle française, je porterai des gilets rouges, je chanterai des romances, je ferai une tragédie... Je me montrerai en loge découverte avec mademoiselle Bellotte Taupier !... Je lui donnerai mille preuves de mon repentir, je lui donnerai même mon nom, si elle veut. (*Passade d'un Monsieur qui lorgne toutes les loges par les carreaux, en sautillant d'une loge à l'autre. Ils sont étonnés de voir cet original et continuent leur conversation.*)

HENRI.

Comment ! ton nom ?...

SAINT-LAURENT.

Eh oui ! parbleu !... Je suis ruiné, c'est vrai, mais j'ai du crédit... et puis, moi aussi j'ai des oncles qui mourront quelque beau matin... Et en attendant, eh bien ! après tout, je suis marquis, moi, sans que ça paraisse, et elle sera marquise.

HENRI.

Oui, quand tu auras tué l'autre d'un bon coup d'épée, au sortir de l'Opéra, sous un réverbère.

SAINT-LAURENT.

Quel autre ?

HENRI.

Eh ! le mari, parbleu !

SAINT-LAURENT.

René ? René Noirel ?.. Mais il n'est pas son mari.

HENRI.

En vérité ?

SAINT-LAURENT.

Mais non... et c'est encore une conséquence de notre voyage ! La comtesse avait dit par malice à René que Jeanne l'épousait pour sa fortune ; et René, par suite de son orgueil habituel, a voulu lui prouver le contraire, et alors il a enlevé la petite... tout bonnement... C'est lui-même qui nous a raconté l'anecdote, à la comtesse et à moi, l'autre jour, au pavillon d'Ermenonville.

HENRI.

Très-bien... Alors tu es dans ton droit.

SAINT-LAURENT, *ils se promènent.*

Parbleu ! et j'en userai !... J'espère bien qu'un jour ou l'autre René va retomber aux genoux de la comtesse.

HENRI.

Tu crois ?

SAINT-LAURENT.

C'est évident !... il la déteste trop aujourd'hui pour ne pas l'adorer demain... Et alors... mais je n'attendrai pas jusque-là pour troubler le bonheur insolent de ce Noirel, car il les a tous, ce villageois !... Tu ne sais pas ce qu'il a fait depuis un mois ?

HENRI.

Non.

SAINT-LAURENT.

René, sachant que la comtesse possédait un homme d'affaires des plus intelligents, qui jouait à la Bourse pour elle et lui faisait gagner un argent fou, s'est mis à jouer le même jeu que son ennemie et y a gagné plus de cent mille francs... La comtesse est furieuse.

HENRI.

Je le crois bien, car René ne lui a pas pris que son homme d'affaires. (*Musique au fond. Deux Messieurs passent, saluent Henri et Saint-Laurent, qui le leur rendent.*)

SAINT-LAURENT.

Non... il lui a pris tous ses admirateurs et les a donnés à sa maîtresse ; il lui a enlevé tous ses habitués et en a rempli ses salons, si bien que ceux de la comtesse sont déserts. Tous les adorateurs de Louise de Marennes sont attelés maintenant à la calèche de Jeanne... Son album déborde, on fait queue à son petit lever. Tous les peintres veulent faire son portrait, et un certain monsieur s'est quelque peu pendu pour elle .. C'est prodigieux, et je t'avoue que chaque matin je m'attends à apprendre la mort violente de Louise de Marennes. (*Ils rient et remontent.*)

HENRI.

Voyons, rentrons-nous? le duo va commencer.

SAINT-LAURENT.

Oh! ce n'est plus la peine; laisse-moi dévorer encore des yeux un coin de ses blanches épaules. (*Il colle son regard au carreau de la loge. On entend le duo de la Norma. Pendant le duo passent un Marchand de lorgnettes, une Bouquetière, deux Domestiques qui écoutent aux portes des loges, deux Spectateurs. Un Domestique vient prendre un bouquet à la Marchande, qui cause avec les Ouvreuses, qui se sont réunies à gauche. Grincheux est venu s'asseoir sur la banquette de droite et finit par s'endormir; il est réveillé par les applaudissements; tout le monde a circulé de droite et de gauche, sauf Saint-Laurent et Henri, près de la loge de Jeanne.*)

SCÈNE III.

Les Mêmes, GRINCHEUX, BELLOTTE.

GRINCHEUX.

Sapristi! je m'étais endormi sur cette banquette... Pourvu que Bellotte n'ait pas abusé de mon sommeil pour recevoir des visites. (*Il se dirige vers la loge. La porte s'ouvre, Bellotte paraît; elle a une toilette ébouriffante et un immense éventail.*)

BELLOTTE.

Ouf! quel affreux français que cet italien!... je n'y comprends rien du tout.

SAINT-LAURENT *redescend avec Henri.*

Ah! c'est mademoiselle Bellotte Taupier! (*Ils lui font des saluts exagérés.*)

BELLOTTE.

Bonjour, cher, bonjour!... Ne m'appelez pas Taupier, hein... appelez-moi... ne m'appelez pas encore...

SAINT-LAURENT.

C'est convenu.

HENRI, *gravement.*

Eh bien! que dites-vous de la musique de...

BELLOTTE.

Ah! ne m'en parlez pas... je dors debout, ces mirlitons m'ont mis les nerfs dans un état affreux, je prendrais bien quelque chose. (*Appelant Grincheux.*) Petit laquais, faites-moi apporter une boisson rafraîchissante.

GRINCHEUX, *à part.*

Oh! quel métier! (*Il sort à droite.*)

BELLOTTE, *aux autres.*

Vous n'avez pas vu Montflanquin?

HENRI.

Non, et vous?

BELLOTTE.

Je l'ai rencontré tantôt à l'ambassade ottomane.

SAINT-LAURENT.

A la porte?

BELLOTTE.

Devant la porte, oui. — A propos! étiez-vous là quand cette petite bégueule de Jeanne est arrivée?

SAINT-LAURENT.

Oui.

BELLOTTE.

C'est inouï comme ces hommes sont girouettes! Avant l'arrivée de madame Noirel, toutes les lorgnettes étaient braquées sur moi. J'étais rouge jusqu'aux oreilles.

SAINT-LAURENT, *raillant.*

Vous l'êtes encore.

BELLOTTE, *elle ouvre son éventail.*

N'est-ce pas? je me cachais le mieux possible derrière mon éventail.

SAINT-LAURENT, *riant.*

Vous l'avez pris grand exprès?

BELLOTTE.

Oui... Eh bien! j'avais beau faire, plus je me cachais et plus on me regardait... les hommes, les femmes!... jusqu'aux enfants! (*Saint-Laurent rit.*)

BELLOTTE, *continuant en prenant le bras de Saint-Laurent qui en est peu flatté.*

Eh bien! dès que cette petite a paru... crac... plus rien... rien de mon côté... pas un pauvre petit lorgnon... tous les yeux étaient fixés sur Jeanne.

SAINT-LAURENT.

C'est incompréhensible! (*Il quitte son bras.*)

BELLOTTE.

N'est-ce pas? car enfin, je suis plus grosse qu'elle. (*Ils rient aux éclats.*) Et c'te toilette, avez-vous remarqué? elle n'a pas seulement un fruit sur la tête.

SAINT-LAURENT *fait un signe à Henri qui remonte causer avec un jeune homme.*

Ce n'est pas comme vous, vous avez l'air de Pomone.

BELLOTTE, *riant.*

Ah! ah! ah!... charmant! (*A part.*) Ayons l'air de comprendre.

SAINT-LAURENT.

Ecoutez, mademoiselle Bellotte...

BELLOTTE, *vivement.*

Pas Taupier, pas Taupier. (*Elle lui reprend le bras.*)

SAINT-LAURENT, *il s'en débarrasse tout doucement.*

Mademoiselle Bellotte pas Taupier... René a mis sa femme à la mode pour faire enrager la comtesse; si vous le voulez, à notre tour, pour faire enrager Jeanne, nous vous formerons.

BELLOTTE, *piquée.*

Mais il me semble que je suis formée.

SAINT-LAURENT, *étouffant des envies de rire.*

Sans doute! sans doute, mais il vous manque ce... je ne sais quoi...

BELLOTTE, *traversant.*

Alors, si vous ne savez pas quoi, qu'est-ce que vous venez donc me chanter?

SAINT-LAURENT.

C'est dans le langage, dans le choix des mots.

BELLOTTE.

Il me semble que je parle comme tout le monde.

SAINT-LAURENT.

Mais justement, c'est ce qu'il ne faut pas... si vous le voulez, nous vous apprendrons le fin de la langue. (*Henri est redescendu.*)

BELLOTTE.

Le fin de la langue? (*Elle prend le bras d'Henri.*)

HENRI.

Oui, une langue, en un mot, que l'on ne parle pas partout. (*Il se débarrasse de son bras.*)

BELLOTTE.

En vérité?

SAINT-LAURENT.

Oui, vous verrez, ça vous amusera et nous aussi.

BELLOTTE.

Je m'abandonne à vous... mes bons amis. (*Saint-Laurent et Henri éclatent de rire. — Grincheux reparaît, portant un plateau qu'il dépose dans la loge. — Applaudissements dans la salle.*)

BELLOTTE.

Messieurs, si vous voulez me faire l'honneur de trinquer avec moi, vous me donnerez ma première leçon.

SAINT-LAURENT, *riant toujours.*

Très-volontiers! (*Ils entrent dans la loge.*)

BELLOTTE, *donnant une glace à Grincheux, avec dignité.*

Tiens, petit, prends cela, mais mange-le à distance.

GRINCHEUX, *à part, mangeant avec colère.*

Oh! j'en mourrai, c'est sûr!

SCÈNE IV.

Les deux autres loges s'ouvrent. A gauche on voit LOUISE et MONTFLANQUIN, à droite JEANNE et RENÉ, au milieu BELLOTTE, HENRI et SAINT-LAURENT, dans le couloir GRINCHEUX.

RENÉ, *à Jeanne.*

Cette musique, c'est bien beau, n'est-ce pas, Jeanne?

JEANNE.

Oui, mon ami, mais j'aimais mieux encore le chant des oiseaux de notre forêt.

RENÉ, *riant.*

Allons! la boisière est revenue!... Vous êtes étonnante, Jeanne.

JEANNE.

Que veux-tu! je suis mal à l'aise ici. Tous ces regards m'embarrassent.

RENÉ.

Ce sont des regards d'envie, Jeanne, car tu es la plus belle! et tous sont jaloux de mon bonheur! Oh! je t'aime, Jeanne!...

JEANNE.

Merci!

RENÉ.

L'air te fera du bien, sortons un peu.

JEANNE.

Oh! non, non, mon ami, nous rencontrerions tous ces jeunes gens dans les couloirs, et il me faudrait entendre leurs compliments auxquels je ne sais que répondre.

RENÉ.

Ne réponds rien, enivre-toi comme moi-même de tous ces éloges qui voltigent sur tes pas.

JEANNE.

J'aimerais mieux rester ici.

RENÉ, *un peu contrarié.*

On ne doit se cacher que quand on est laide.

JEANNE.

La violette est une fleur charmante, et elle se cache, René.

RENÉ, *sèchement.*

La violette est une sotte. (*Passade du Monsieur qui lorgne toutes les loges. Moment de silence.*)

MONTFLANQUIN, *dans la loge à gauche.*

En vérité, comtesse, vous êtes ce soir d'une humeur massacrante. Je ne sais plus que dire.

LOUISE.

Ne dites rien. (*Rires dans la loge de Bellotte.*)

GRINCHEUX.

Ils rient, là-dedans, et moi!... Oh! faut-il que je sois lâche!

BELLOTTE.

Voyons, Saint-Laurent, ne riez pas comme ça, vous allez m'afficher. (*Les rires redoublent. La bouquetière offre des bouquets à la loge de Jeanne.*)

LOUISE.

Cette petite Noirel!... en vérité pour s'être transformée ainsi tout à coup, il faut qu'elle ait trouvé une baguette de fée en faisant ses fagots. Elle est d'une beauté...

MONTFLANQUIN.

Oh! une beauté commune.

LOUISE.

Vous ne savez ce que vous dites. Elle a tout pour elle, au contraire.

JEANNE, *sortant de la loge avec René.*

Puisque vous le voulez, mon ami...

LOUISE.

Oui, elle a tout... même mes amis.

MONTFLANQUIN.

Un seul excepté.

LOUISE, *bâillant.*

Ah! oui, vous!

MONTFLANQUIN.

Moi, votre fidèle.

LOUISE.

Je trouve que vous négligez beaucoup mademoiselle Bellotte.

MONTFLANQUIN.

Ah!

LOUISE.

Eh! sans doute, vous n'avez pas encore mis le pied dans sa loge.

MONTFLANQUIN.

Elle n'y est pas seule. (*Jeanne et René passent devant la loge de Bellotte.*)

SAINT-LAURENT, *à part, en sortant.*

La voilà. (*Il salue Jeanne et René lui rend son salut.*)

BELLOTTE, *de la loge.*

Dites donc, Saint-Laurent. (*Il rentre. René et Jeanne continuent leur promenade et passent devant la loge de Louise.*)

LOUISE, *à part.*

Ah! c'est elle! (*René et Jeanne saluent en passant et disparaissent par le couloir à gauche.*)

LOUISE *à Montflanquin.*

Montflanquin, votre bras... j'ai besoin de respirer.

MONTFLANQUIN.

Y pensez-vous, comtesse?... vous promener ainsi dans les couloirs comme ces petites gens.

LOUISE, *impatientée.*

Ces petites gens n'étouffent pas plus que moi. Sortons. (*Ils sortent et se dirigent à droite.*)

MONTFLANQUIN, *traversant, d'un ton piqué.*

Si M. Noirel savait que madame la comtesse étouffe du désir de se trouver sur sa route, il serait bien content.

LOUISE, *vivement.*

Croyez-vous?

MONTFLANQUIN, *piqué.*

Merci!... Ah çà, vous aimez donc ce paysan?

LOUISE.

Que vous êtes bête!... je hais sa femme, voilà tout. (*Ils disparaissent par la droite. — Saint-Laurent et Henri paraissent sur le seuil de la loge de Bellotte.*)

BELLOTTE.

Ah ben! vous vous en allez? vous me plantez là, est-ce que vous vous fichez de moi?

SAINT-LAURENT.

Excusez-moi, mais je viens d'apercevoir ma tante.

BELLOTTE.

C'est une craque.

HENRI, *riant.*

Bravo! très-bien... vous avez déjà fait des progrès...

SAINT-LAURENT, *riant.*

Persévérez! (*Saluant et sortant à gauche.*)

BELLOTTE, *à part.*

Ces jeunes gens sont bien paltoquets! (*Apercevant Grincheux.*) Grincheux, venez ici, dans le salon, et défendez ma porte, je n'y suis pour personne. (*Elle rentre dans sa loge.*)

GRINCHEUX, *à part.*

Avec elle! qué bonheur! oh! oui, que je vas la défendre, la porte! (*Il entre. La porte se ferme. — René, Jeanne, Henri et Saint-Laurent entrent par la gauche.*)

SCENE V.

SAINT-LAURENT, HENRI, RENÉ et JEANNE, *puis* RAOUL, *puis* MONTFLANQUIN *et* LOUISE.

SAINT-LAURENT, *entrant.*

Jeudi dernier, au bal de la comtesse?... oui. Oh! Henri et moi, nous avons fait le tour des salons.

HENRI.

C'était fort triste.

RENÉ, *content.*

Ah! vraiment?

HENRI.

Il n'y avait pas une femme vraiment belle.

SAINT-LAURENT, *galamment.*

Madame n'y était pas. (*On s'incline faiblement. — On est arrivé au milieu de la scène.*)

RENÉ, *avec aigreur.*

Madame de Marennes ne nous a pas fait encore l'honneur de nous inviter à ses fêtes. Je ne suis pas assez noble.

HENRI.

Et madame est trop jolie.

JEANNE, *avec embarras.*

Je crois que j'entends l'ouverture.

RENÉ.

Vous vous trompez... (*Aux jeunes gens.*) Messieurs, je vous retiens pour après-demain, on doit sauter chez nous, ne l'oubliez pas, je vous en prie.

HENRI.

Ah! diable! nous sommes encore invités chez la comtesse pour ce jour-là.

RENÉ.

Ah!

SAINT-LAURENT.

Oh! nous ne ferons que passer chez elle, et nous volerons chez vous. (*Louise et Montflanquin sont arrivés sur les derniers mots que Louise a entendus.*)

HENRI, *bas.*

Prenez garde! voici la comtesse. (*Ils saluent Louise quand elle passe et causent avec René.*)

LOUISE, *sans s'arrêter.*

Monsieur... de Saint-Laurent?

SAINT-LAURENT, *avec empressement.*

Comtesse? (*Louise va du côté de sa loge. Saint-Laurent est obligé de la suivre.*)

LOUISE, *cherchant.*

Vous ne pourriez pas me donner... des nouvelles de la duchesse de Mondiennes? (*Le domestique de Saint-Laurent apporte un bouquet magnifique, et Saint-Laurent fait tous ses efforts pour que l'on ne le voie pas.*)

SAINT-LAURENT.

Non, non, comtesse, mais (*vivement*) monsieur de Fontenay doit en avoir de toutes fraîches, je crois ; je vais vous l'envoyer. (*Il salue et rejoint le groupe en prenant le bouquet des mains du domestique. Le domestique sort.*)

MONTFLANQUIN.

C'est un prétexte.

LOUISE, *avec dépit.*

Je le sais bien. (*Jeanne est entrée dans le salon avec René.*)

SAINT-LAURENT, *venant offrir son bouquet à Jeanne.*

Madame, permettez-moi... c'est un tapis de chez Provot... (*Il le met sous les pieds de Jeanne.*)

JEANNE, *honteuse.*

Monsieur !

RENÉ, *sur le seuil de la loge.*

Ce cher Saint-Laurent, grand seigneur jusqu'au bout des ongles !

HENRI, *à qui Saint-Laurent a parlé bas, se rend en riant à la loge de Louise.*

Ah! ah! ah! c'est charmant !

LOUISE.

Qu'y a-t-il donc, monsieur de Fontenay?

HENRI.

C'est Saint-Laurent, qui a si bien caché dans les fleurs les pieds de madame Noirel, que l'on ne peut plus les retrouver.

LOUISE, *rire forcé.*

Ah ! vraiment.

HENRI, *cherchant.*

Il me semble, comtesse, que j'avais une nouvelle sur moi en venant ici... Ah ! je sais... il s'agissait de la duchesse de Mondiennes... Je l'ai vue hier... elle est verte.

LOUISE.

Comment?

HENRI.

Depuis qu'elle a vu l'attelage de madame Noirel... (*Riant.*) Le médecin ne répond pas de ses jours, si la belle Jeanne s'obstine à avoir des chevaux si fringants et des diamants si bien montés.

LOUISE, *avec intention.*

Qu'elle attende un peu pour mourir.

HENRI, *saluant.*

Madame... au revoir, Montflanquin... (*Il sort.*)

MONTFLANQUIN.

Décidément c'est la retraite des dix mille.

LOUISE, *avec menace.*

Ils me le payeront... Ah! monsieur Jolivet! (*Jolivet s'arrête à la porte de la loge.*) Laissez-moi, monsieur de Montflanquin, j'ai à parler du cours de la rente. Pendant ce temps, vous, de votre côté, allez rendre visite à mademoiselle Bellotte.

MONTFLANQUIN.

Allons. (*Il sort de la loge. — Jolivet reste sur le seuil. Montflanquin va frapper à la porte de Bellotte.*)

GRINCHEUX, *entr'ouvrant la porte, à part.*

Montflanquin! (*Haut.*) Madame n'y est pas. (*Il referme la porte.*)

MONTFLANQUIN, *riant.*

Ah! ah! ah! c'est fort singulier ! ah ! ah! ah ! (*Il va à la loge de Jeanne et se tient sur le seuil. — Saint-Laurent est entré.*)

MONTFLANQUIN, *riant.*

Vous ne savez pas une histoire charmante :... Je suis consigné. (*Il sort en riant par la droite.*)

SCÈNE VI.

LOUISE, JOLIVET, *à gauche,* LES AUTRES *à droite.*

LOUISE.

Eh bien ! monsieur Jolivet ?

JOLIVET.

Eh bien ! madame la comtesse, je vous avais prévenue... en

achetant à cinq cent soixante-quinze... la rente remontée par les nouvelles d'Italie a tout à coup fléchi... Vous perdez cent soixante-cinq mille francs... ma conscience est sauve... J'avais eu l'honneur de dire à madame...

LOUISE.

Je ne vous fais pas de reproche, monsieur Jolivet...

JOLIVET.

Non, sans doute, madame, et monsieur René ne pourra pas m'en faire non plus, car, lui aussi, je l'ai averti qu'il se perdait, mais il n'a rien voulu entendre... J'ai confiance, a-t-il dit, dans le jeu de la comtesse de Marennes.

LOUISE.

Ainsi je perds cent soixante-cinq mille francs, et lui...

JOLIVET.

Deux cent quinze mille francs, madame.

LOUISE, *riant,*

C'est donc cinquante mille francs que je gagne...

JOLIVET.

Je ne comprends pas, madame.

LOUISE, *riant.*

Je le crois bien, mais ça m'est égal... vous n'avez pas besoin de comprendre. Vous avez sur vous le cours de la Bourse...

JOLIVET, *le lui donnant.*

Oui, madame, le voici...

LOUISE.

Très-bien... quels fonds monsieur René avait-il chez vous?

JOLIVET.

Deux cent vingt mille francs, madame.

LOUISE, *à part.*

Par vanité il a dû placer chez cet homme toute sa fortune... il est ruiné!... (*Haut.*) Monsieur Jolivet, monsieur René arrive de la campagne... il ne doit rien savoir encore, et, si vous m'en croyez, si vous tenez à m'être agréable, vous ne lui apprendrez pas ce soir cette fâcheuse nouvelle.

JOLIVET.

Soyez tranquille, madame, j'attends toujours au dernier moment pour ces sortes de choses.

LOUISE.

Au revoir.

JOLIVET, *saluant.*

Madame la comtesse ! (*Il va frapper à la porte de la loge de Bellotte.*)

GRINCHEUX, *ouvrant.*

Mademoiselle Bellotte n'y est... (*A part.*) Oh ! celui-là, il est laid, il peut entrer. (*Jolivet entre. Grincheux referme la porte et sort par la droite.*)

LOUISE, *dans sa loge.*

Ah! René Noirel... sans vous en douter, vous mettez ce soir le pied sur la première marche de mon escalier.

RENÉ, *sortant de sa loge.*

Excusez-moi, messieurs.... mais je dois une visite à la comtesse.

SAINT-LAURENT, *descendant un peu.*

Vous allez retourner le poignard dans la plaie.

HENRI, *de même.*

C'est une visite de condoléance.

SAINT-LAURENT.

Attendez cinq minutes, du moins... l'orchestre jouera une marche funèbre.

RENÉ, *traversant le théâtre avec Saint-Laurent.*

Saint-Laurent, je vous confie madame Noirel.

SAINT-LAURENT, *à part.*

Le fat !... (*Haut.*) Je vous préviens que je vais lui faire ma cour...

RENÉ.

A ma femme?

SAINT-LAURENT, *riant.*

A votre femme! oui...

RENÉ, *se contenant.*

Dépêchez-vous donc... car je reviens tout de suite.

SAINT-LAURENT.

Je mettrai les compliments doubles. (*Il retourne dans la loge de Jeanne. René se dirige vers celle de Louise.*)

LOUISE, *à part.*

Le voilà... Attention... (*René entre dans la loge de Louise. On *voit Jeanne et Saint-Laurent seuls dans l'autre. Henri s'éclipse sur un signe de Saint-Laurent.)*

RENÉ, *bas à Saint-Laurent.*

Bonne chance, mauvais sujet. *(Il sort.)*

RENÉ, *saluant Louise.*

Madame la comtesse Louise de Marennes veut-elle permettre à son très-dévoué serviteur de lui présenter ses respectueux hommages?

LOUISE.

Comment donc, monsieur René Noirel.... Ce n'est pas une raison parce que nous sommes ennemis jurés pour manquer aux devoirs de la politesse.

RENÉ.

Excusez-moi si je ne me suis pas présenté plus tôt; je croyais la loge de madame la comtesse remplie de ses nombreux admirateurs.

LOUISE.

Ils ne sont plus sur mes terres, ils chassent sur les vôtres.

RENÉ.

Mon Dieu, madame, croyez-bien que Jeanne fait tout ce qu'elle peut pour vous les renvoyer.

LOUISE.

Mais... ils ne veulent pas revenir, je comprends cela.... Ah! vous disiez vrai, lorsqu'il y a trois mois, vous prophétisiez son triomphe, il est éclatant... et justement mérité.

RENÉ.

Une seule chose m'étonne dans tout ceci, comtesse.... Comment se fait-il que vous, une femme d'esprit, vous ayez pu commettre la faute (faute bien grande puisqu'elle m'a frappé... moi, un paysan!) de ne point inviter Jeanne à vos fêtes, à vos réunions? Vous paraissez lui garder rancune... mais vous le savez, dans le monde on peut détester les gens... mais non pas en avoir l'air...

LOUISE.

Mon Dieu! j'allais le faire lorsque vous avez eu la... bonté de nous dire que Jeanne Provins n'était pas votre femme... légitime... et alors, dame!.. vous comprenez... mes amis m'auraient jeté la pierre. *(Ils parlent bas.)*

SAINT-LAURENT, *à Jeanne.*

Mais, madame, je ne plaisante pas, foi de gentilhomme!

JEANNE.

Vous profitez un peu trop peut-être, monsieur, de la permission que monsieur René Noirel vous a donnée.

SAINT-LAURENT.

J'ai parbleu bien besoin de sa permission!

JEANNE *fait un mouvement pour se lever.*

De grâce!...

SAINT-LAURENT.

Prenez garde! vous allez attirer l'attention de tous ces gens-là!...

JEANNE.

Cessez donc une plaisanterie qui m'offense.

SAINT-LAURENT.

Mais ce n'est pas une plaisanterie... je vous adore.

JEANNE.

Retirez-vous... au nom de mon mari!

SAINT-LAURENT, *à part.*

Son mari!... ah! ah! ah!... pour une fille des champs, elle a de l'aplomb! *(Ils parlent bas.)*

LOUISE.

Ah! René, vous êtes sans pitié!...

RENÉ.

Je suis votre exemple, madame.

LOUISE, *riant.*

Ah! ah! ah! que vous m'amusez!... Tenez, je veux bien, pour vous en récompenser, vous apprendre... une nouvelle... toute fraîche.

RENÉ.

Voyons.

LOUISE, *très-calme.*

René Noirel, vous êtes ruiné.

RENÉ, *se levant.*

Ruiné!

LOUISE.

Tenez, voici le cours de la Bourse.... ça s'imprime aujourd'hui.

RENÉ.

Ruiné! *(Il froisse le papier, et se tient sur le seuil de la loge.)*

LOUISE.

Vous vous obstiniez à suivre ma fortune... eh bien! j'en ai profité pour vous faire faire fausse route... Mon cher ami, je perds cent soixante-cinq mille francs sur le coup que je viens de jouer; voulez-vous que je continue?

RENÉ.

Madame!...

LOUISE.

Ne deviez-vous pas donner un bal dans quelques jours?... eh bien! il aura lieu dans les bois de Saint-Sauveur... une fête aux flambeaux, ce sera plus original.

RENÉ, *à part.*

Oh! cette femme est mon mauvais génie!

LOUISE.

Heureusement, il vous reste les diamants de mademoiselle Jeanne...

RENÉ.

Que dites-vous?...

LOUISE.

Je dis mademoiselle, parce qu'elle n'est pas mariée!

RENÉ, *avec un mouvement.*

Madame! *(A part en descendant en scène.)* Ruiné! ruiné!... *(Les autres jeunes gens rentrent en ce moment.)*

JEANNE, *sortant de sa loge, à Saint-Laurent.*

Laissez-moi, monsieur, je ne puis en entendre davantage.

SAINT-LAURENT.

Un mot encore, Jeanne.

JEANNE.

Vous m'insultez, monsieur! *(Apercevant René.)* Oh! René...

SAINT-LAURENT, *à part.*

Je n'y comprends plus rien...

RENÉ.

Qu'y a-t-il? qu'avez-vous, Jeanne?

JEANNE.

Rien... mais partons! partons!

RENÉ, *allant à Saint-Laurent.*

Monsieur de Saint-Laurent, me direz-vous ce que cela signifie?

SAINT-LAURENT.

Mais je... Ah! ma foi, monsieur!... je ne sais pas mentir... j'ai l'habitude de jouer toujours cartes sur table, dût ma vie être l'enjeu de la partie... Monsieur René Noirel, je vous l'ai dit, je suis amoureux fou de mademoiselle Jeanne Provins.

JEANNE, *à part.*

Mademoiselle! *(Mouvement de René.)*

SAINT-LAURENT.

Et tout à l'heure, emporté par un vertige dont je n'ai pas été maître, j'ai mis à ses pieds mon amour et les armes de ma maison... c'est tout ce que je possède... mais je dois l'avouer, mademoiselle Jeanne a préféré au titre de marquise, le titre si doux de votre maîtresse. *(La Comtesse est sortie de sa loge, donnant le bras à Montflanquin. Ils descendent en scène.)*

RENÉ, *bas.*

Monsieur... taisez-vous!

JEANNE.

Sa maîtresse! Pardon, monsieur, est-ce que vous ne venez pas de dire qu'au titre de marquise, que vous m'offrez, je préférais le titre de maîtresse de monsieur Noirel?

SAINT-LAURENT.

Oui, madame.

JEANNE.

Sa maîtresse, moi! ah çà, est-ce que je deviens folle?... René, vous ne dites rien?...

SAINT-LAURENT.

René ne me démentira pas, je pense : c'est lui qui a déchiré le voile qui couvrait vos amours.

JEANNE.

Lui!

RENÉ.

Monsieur!

SAINT-LAURENT.

Et devant témoins. *(A Louise.)* N'étiez-vous pas là, madame la comtesse?

LOUISE, *se défendant.*

Mais...

JEANNE.

Oh! parlez, madame! (*Louise se détourne sans répondre. La musique reprend en sourdine jusqu'à la fin de l'acte.*)

JEANNE, *à René.*

Vous ne dites rien?... Mais alors! c'est donc vrai?... vous avez osé... Oh! c'est infâme!

LOUISE, *à part.*

Je comprends tout! (*Elle sort par la droite avec Montflanquin.*)

JEANNE.

Ainsi, depuis trois mois... depuis que je suis dans votre ville maudite, je passe pour une fille perdue! Depuis trois mois, on me montre au doigt, en disant: C'est Jeanne Trovins, la petite paysanne, qui a quitté sa mère et vendu son honneur pour des diamants et un équipage. C'est me faire payer trop cher l'instant où j'ai été sur le point de tout quitter pour vous suivre. (*Louise et Montflanquin reparaissent en scène. Jeanne prend le bras de René.*) Mais dites-leur donc, monsieur, qu'un cri de ma mère m'a retenue; dites-leur donc enfin que je suis votre femme.

RENÉ, *accablé.*

Jeanne!

JEANNE, *avec des larmes, mais avec force.*

Dites-le, monsieur... je le veux... je l'exige!... (*René, accablé, baisse la tête. Silence.*)

SAINT-LAURENT.

Madame, pardonnez moi si j'ai pu vous outrager... (*A René.*) Monsieur René Noirel... on ne met pas un galant homme dans une si fâcheuse position... et je vous le dis à regret: votre mensonge est le fait d'un misérable!

RENÉ, *se redressant.*

Monsieur de Saint-Laurent!...

SAINT-LAURENT.

Oui... très-bien... j'ai compris... je ne suis pas fier...

SCÈNE VII.

LES MÊMES, BELLOTTE.

BELLOTTE, *sortant de sa loge.*

Ah! mon Dieu! est-ce que c'est vrai ce que Jolivet vient de me dire, que René Noirel est ruiné?

TOUS.

Ruiné!

JEANNE, *s'élançant vers lui.*

René!...

RENÉ, *bas.*

Ne pleurez pas devant elle!... je vous le défends. (*Le Domestique apporte le burnous; il le met sur les épaules de Jeanne.*)

JEANNE, *à part.*

Oh! il ne me pardonnera jamais d'avoir froissé son orgueil!

RENÉ.

Monsieur de Saint-Laurent, à demain. (*René entraîne Jeanne, en saluant Montflanquin et Louise.*)

LOUISE, *à part, en traversant, et saluant.*

Dans un mois il sera à mes pieds (*Tous se regardent. Tableau. Le rideau baisse.*)

ACTE IV.

Une chambre pauvrement meublée. — Portes latérales à gauche; un buffet à droite, une commode au fond. — Porte au fond, tables, chaises, à droite premier plan, à gauche un bureau et une chaise, une fenêtre à droite, deux chaises au fond, un panier sur une chaise.

SCÈNE I.

GRINCHEUX, *seul.*

(*Il est en costume de groom; il tient à la main un plumeau.*)

Allons, voilà encore une fois son pauvre ménage rangé. (*Regardant autour de lui.*) Des pauvres chaises en bois blanc, une pauvre commode en noyer, de pauvres assiettes en terre de pipe! (*S'attendrissant.*) Pauvre Jeanne! pauvre mam' Noirel!... elle a expié assez durement son pauvre petit mouvement d'orgueil!... Dire qu'elle vit là-dedans depuis trois mois, tandis que

Bellotte continue à se plonger dans l'acajou et le palissandre!... et que moi je continue à porter une casquette et des bottes jaunes... Ce qui me console un peu d'être le domestique de Bellotte, c'est que je peux être aussi celui de Jeanne!... Pauvre mam' Noirel!... elle travaille tant pour vivre, qu'elle ne peut pas veiller à son ménage. Alors, je lui ai offert de la servir dans mes moments de récréation... Elle a refusé, mais j'ai acheté le portier neuf francs, et alors il me donne la clef chaque matin, quand mam' Jeanne va reporter son ouvrage, et... (*Tirant de son gousset l'énorme montre du premier acte.*) Bientôt dix heures!... Bellotte va rentrer de la promenade; faut que je retourne à l'hôtel... Quand Bellotte est dehors, je ne crains pas le Montflanquin, mais une fois dans ses appartements... Jusqu'à ce jour, il n'y a pas encore mis les pieds, mais on ne sait pas ce qui peut arriver... les hommes du monde sont si entrepreneurs... (*Il remonte en pleurant. Bellotte paraît au fond. Surpris.*) Oh! Bellotte!...

SCÈNE II.

GRINCHEUX, BELLOTTE. (*Bellotte est en grande toilette, chapeau à plumes, lorgnon, etc.*)

BELLOTTE.

Ah! enfin! m'y voilà!... (*Apercevant Grincheux et avec de grands airs.*) Hé! ma livrée ici!... Réponds, drôle, que fais-tu céans?...

GRINCHEUX, *embarrassé.*

Je venais... j'étais venu... pour... dire quéque chose à mam' Noirel, de la part de son mari.

BELLOTTE.

Tu connaissais donc le lieu de sa retraite?... Et tu ne me l'as pas dit.

GRINCHEUX.

Vous la cherchiez donc?...

BELLOTTE.

Mais je ne fais que ça depuis un mois... depuis que monsieur René a dit dans les salons de la petite Louise de Marennes que sa femme était retournée dans son pays. Je me suis tout de suite doutée que c'était une couleur, et que Jeanne pleurait dans quelque coin, tandis que monsieur Noirel recommençait à faire la roue devant la comtesse. Mais je suis bien bonne d'entrer avec toi dans tous ces détails. Allons, annonce-moi.

GRINCHEUX.

Mais mam' Noirel n'y est pas.

BELLOTTE.

Ah çà! ventre de biche! cette maison est donc ouverte à tous les vents? On entre ici comme par la porte Maillot. A propos... monsieur de Saint-Laurent est guéri de son coup d'épée... je viens de le rencontrer au bois.

GRINCHEUX.

Ah! monsieur de Saint-Laurent...

BELLOTTE.

Je ne te parle pas, drôle! je me parle à moi-même.

GRINCHEUX, *à part.*

Elle est fêlée, c'est sûr.

BELLOTTE, *lorgnant autour d'elle.*

En vérité, il faut que je *soie* bigrement sensible pour venir voir cette petite!... car ce n'est pas rupin du tout ici!...

GRINCHEUX, *étonné.*

Rupin!...

BELLOTTE, *avec compassion.*

Mon pauvre Grincheux, tu ne me comprends plus?... que veux-tu?... tous ces messieurs sont en train de polir mon inducation.... l'un m'apprend le français... que tu entends... l'autre, les manières que je vois; et je profite si bien de leurs leçons, qu'ils rient quelquefois comme de petits fous.

GRINCHEUX.

Mais ils se fichent de vous, Bellotte.

BELLOTTE, *indignée.*

Bellotte!... où prends-tu Bellotte, faquin?... donne-moi mon véritable nom, drôle! je suis vicomtesse, grâce à Montflanquin qui, m'a-t-il dit, a retrouvé les parchemins de ma famille dans les fouilles de la rue de Rivoli.

GRINCHEUX.

Mais sapristi! votre famille c'était la Taupier.

BELLOTTE, *avec un dédain superbe.*

Tu te mets dedans, paysan!... je suis la vicomtesse Calypso; on m'a lu les pièces... ça commence comme ça: « Calypso ne » pouvait se consoler du départ d'Ulysse... »

GRINCHEUX, *désespéré, à part.*

Ils la rendront folle tout à fait.

BELLOTTE.

On monte... c'est Jeanne, déguise-toi en cerf.

GRINCHEUX.

S'il vous plaît ?...

BELLOTTE.

En langue vulgaire, va-t'en.

GRINCHEUX, *à part.*

Oh! mon Dieu! qué drôle de jargon qu'elle a maintenant!

SCÈNE III.

LES MÊMES, JEANNE.

JEANNE, *entrant, à part.*

Pas encore payée!

BELLOTTE, *à part.*

Oh! comme elle est panée!...

JEANNE, *apercevant Grincheux.*

Ah! c'est toi, mon bon Grincheux... tu n'as donc pas tenu compte de ma défense...

GRINCHEUX, *toussant pour l'interrompre.*

Hem! hem!... mam' Jeanne, c'est Bellotte...

JEANNE, *courant à elle.*

Toi, mon amie!... (*Elle va pour l'embrasser.*)

BELLOTTE, *l'arrêtant.*

Attends un peu. (*A Grincheux.*) Sortez!...

GRINCHEUX.

Je m'en vas... (*A part, en prenant un grand panier.*) Allons vite faire ses provisions... (*Il sort.*)

BELLOTTE.

Maintenant, embrasse-moi... (*Elle l'embrasse avec dignité.*)

JEANNE, *souriant, et avec une gaieté forcée.*

Ma bonne Bellotte... que c'est gentil à toi d'être venue!... tu as eu de la peine à me trouver sans doute, car nous sommes bien loin du monde, bien isolés... (*vivement*) c'est moi qui l'ai voulu; j'adore la solitude...

BELLOTTE, *à part.*

Pauvre fille... feignons de couper dans son pont. (*Haut.*) Je comprends... tous les goûts sont dans la nature, et je t'avouerai même... (*avec un air penché*) que cette vie de fêtes continuelles me fatigue... mais que veux-tu? on se doit au monde... à ce polisson de Paris... et dame, ma foi, j'y mène un train de première classe. (*Reprenant son air penché.*) Mais tout ça ne fait pas le bonheur.

JEANNE.

Et ta position?...

BELLOTTE.

Dans la famille de Montflanquin? ah!... elle n'est pas encore finie. Sa tante boit les eaux de Barèges; mais je n'ai qu'à me louer de son neveu. Il est plein d'attentions... je ne le vois jamais... il m'aime en silence... et, en attendant qu'il ose demander ma main, il me fourre de l'argent en veux-tu, en voilà! et à propos... (*timidement*) si tu avais besoin de quelques louis?

JEANNE, *vivement.*

Merci! merci!... Bellotte.

BELLOTTE.

Pour des chiffons, des riens du tout, en cachette de ton mari.

JEANNE.

Merci, encore une fois, ma bonne Bellotte, mais je n'ai besoin de rien...

BELLOTTE.

Tu en es bien sûre?

JEANNE.

Comment?

BELLOTTE, *éclatant.*

Ah! tant pis! je vas te parler à cœur ouvert, Jeanne, je sais tout : ton mari t'a fait voir d'abord comme une curiosité parce que tu étais belle et que tu lui faisais honneur. Mais un jour la culbute est arrivée, et alors, comme il ne restait plus que Jeanne la Boisière, avec ses vingt ans et sa sagesse, il n'a plus osé te montrer et son orgueil t'a enterrée ici... C'est-y vrai, hein?...

JEANNE.

Mais non, je t'assure, je... (*Avec effroi.*) Ah! mon Dieu!... c'est lui, je crois, c'est René!... silence devant lui...

BELLOTTE *bas, lui prenant la main.*

Jeanne, on n'a pas peur d'un bon mari; je m'en tiens à ce que j'ai dit.

SCÈNE IV.

LES MÊMES, MONTFLANQUIN, *puis* GRINCHEUX.

MONTFLANQUIN, *à part, en entrant.*

Mon piqueur avait bien suivi la voie...

JEANNE, *étonnée.*

Monsieur de...

BELLOTTE, *à part.*

Montflanquin...

MONTFLANQUIN, *à part.*

Ah! ventre de bique!... (*A Jeanne.*) Permettez-moi, madame, de vous présenter mes salutations.

BELLOTTE, *à part.*

Que font ses guêtres dans cette maison? (*A Montflanquin.*) Quel bon vent vous amène?

MONTFLANQUIN.

Mon Dieu! je passais par hasard dans Chaillot.

BELLOTTE.

Vous alliez voir la pompe à feu?...

MONTFLANQUIN.

Précisément! j'ai aperçu votre calèche, et ma foi! je suis monté pour vous offrir mon bras, et pour m'informer en même temps des nouvelles de la santé de... (*Vivement et bas à Jeanne.*) Je reviendrai, il faut que je vous parle... (*Jeanne fait un mouvement.*) de René.

JEANNE.

De mon mari?...

BELLOTTE.

Comment?

MONTFLANQUIN, *haut.*

Il va bien?... allons, tant mieux!

BELLOTTE, *à part.*

Aurait-on la prétention de faire poser cette petite vicomtesse? (*Pendant ce soliloque Montflanquin a dit encore deux ou trois mots à l'oreille de Jeanne.*)

GRINCHEUX, *paraît au fond.*

Elle n'est pas partie!...

BELLOTTE, *à part.*

Je battrais bien quelqu'un.

GRINCHEUX, *apercevant Montflanquin.*

Le Montflanquin! allons, bon!

BELLOTTE, *à part.*

Grincheux! voilà mon affaire! (*Haut.*) Encore toi, faquin?

GRINCHEUX.

Bellotte!...

BELLOTTE, *fièrement.*

De quoi?

JEANNE, *à Bellotte.*

Ne le gronde pas... Ce pauvre garçon a voulu absolument me rendre quelques petits services...

BELLOTTE, *à part.*

C'est un coup monté. Cette petite sainte-n'y-touche, pendant que je m'intéressais à elle, elle allait sur mes brisées...

MONTFLANQUIN.

Vicomtesse, permettez-moi de vous mettre en voiture.... (*Saluant.*) Madame... (*bas*) à tout à l'heure... Pas un mot à René... (*Il offre le bras à Bellotte.*)

BELLOTTE, *à part.*

Je veux les pincer, je reviendrai. (*A Jeanne, avec ironie.*) Si tu n'as plus besoin de mon laquais, je l'emmène!.... Suis-nous, maraud!... (*A part, en sortant.*) Je les repigerai. (*Ils sortent suivis de Grincheux.*)

SCÈNE V.

JEANNE, *seule.*

Que signifie cette démarche de monsieur de Montflanquin? Il s'agit de René, a-t-il dit! Malgré moi, je crains un malheur; au reste, que puis-je redouter de plus maintenant, puisque René me hait? je savais bien qu'il ne me pardonnerait jamais d'avoir froissé son orgueil! (*Elle pleure.*) Oh! ma mère! ma mère! là-bas! dans votre petite chaumière, vous pleurez aussi, n'est-ce pas?... Et si parfois vos larmes s'arrêtent, c'est que vous vous dites : Jeanne, mon enfant, est heureuse, du moins elle est aimée!... Crois-le toujours, pauvre mère! Oh! pourquoi t'ai-je quittée? J'ai laissé la solitude dans ta petite maison, et Dieu, pour m'en punir, a fait l'isolement dans la mienne. Je t'ai abandonnée, ma mère, et le ciel m'a abandonnée à mon tour. (*Après un silence.*) Où est René? Que fait-il? C'est à peine si je le vois une heure par jour.... et encore pendant ce temps, pas un regard, pas une bonne parole!... Je ne lui fais pourtant pas de reproches. Je lui souris au contraire, j'espère toujours qu'il aura pitié de ce que je souffre. (*Avec amertume.*) Ah bien, oui!.. Ah! mon Dieu! ma mère avait-elle donc raison quand elle disait : René Noirel est un vaniteux et un méchant!... (*Se retournant.*) Ah! le voici!

SCÈNE VI.
JEANNE, RENÉ.

RENÉ, *à part, en entrant.*

Je ne me suis pas trompé... C'est bien monsieur de Montflanquin que je viens de voir au bout de la rue.... Qu'attendait-il? Sortait-il d'ici?...

JEANNE.

Bonjour, René.

RENÉ.

Bonjour. Il n'est venu personne ce matin?

JEANNE, *à part.*

Pas un mot à René, a-t-il dit.

RENÉ.

Eh bien?...

JEANNE, *à demi-voix.*

Non, mon ami.

RENÉ.

Est-ce que tu ne t'en souvenais plus?

JEANNE.

Pourquoi?

RENÉ.

Parce que tu as été une heure à me répondre.

JEANNE.

Tu es pâle, mon ami... tu parais fatigué.

RENÉ.

Je le suis en effet, j'ai passé la nuit au bal.

JEANNE, *timidement.*

Chez qui?

RENÉ, *avec impatience.*

Chez des gens que tu ne connais pas...

JEANNE.

Ah!

RENÉ.

On devait me présenter au ministre.

JEANNE.

Ah! pour cette place que l'on te promet depuis deux mois.

RENÉ.

Qu'est-ce que ça veut dire?

JEANNE.

Mais, rien.

RENÉ.

Si, si! Oh! je reconnais bien toutes ces petites tracasseries de femmes... Cela signifie que je fais des histoires, des mensonges pour pouvoir aller où il me plaît. Il me semble pourtant que je n'ai pas besoin de prétextes pour ça?...

JEANNE.

Non, sans doute, et enfin le ministre?

RENÉ.

Eh bien! quoi? le ministre?...

JEANNE.

As-tu pu lui parler?

RENÉ, *embarrassé et avec un mouvement d'impatience.*

Non... il n'est pas venu.

JEANNE.

Tu seras plus heureux une autre fois.

RENÉ.

Je l'espère. Cette nuit même peut-être...

JEANNE.

Ah! cette nuit encore?

RENÉ.

Eh bien! oui, cette nuit encore, parbleu! Crois-tu que c'est en restant là, dans mon coin, que je me retirerai du bourbier où je me trouve?

JEANNE, *timidement.*

Mon Dieu!... mon ami, si je te dis cela, c'est que... ici, seule la nuit, j'ai peur!

RENÉ.

Peur! c'est joli ça, par exemple! Tu n'avais pas peur dans le bois de Saint-Sauveur.

JEANNE, *avec caresse, s'efforçant de sourire.*

Il n'y avait pas de voleurs.

RENÉ.

Oh! il n'y en a pas ici non plus. Mais que diable voudrais-tu qu'on nous volât? (*Poussant un soupir d'ennui.*) Ah!...

JEANNE.

As-tu faim?... Veux-tu que je...

RENÉ.

Non, non, non!

JEANNE.

Tu as déjeuné?

RENÉ.

Non, oui, je ne sais pas; tu es fatigante avec tes questions.

JEANNE.

Laisse-moi t'en faire encore une. Il me semble que tu souffres?

RENÉ.

Oui, j'ai la tête en feu.

JEANNE.

Tu ne dors pas assez.

RENÉ.

Ça vient de ce que je ne dors jamais.

JEANNE, *lui passant doucement la main sur le front.*

C'est là que tu as mal?

RENÉ.

Ah ça, tu m'écorches le front; qu'est-ce que tu as donc aux doigts?

JEANNE, *avec un triste sourire.*

Ce sont des piqûres d'aiguilles. (*Elle lui tend la main.*)

RENÉ, *après avoir jeté un coup d'œil.*

C'est diablement laid! (*Jeanne porte la main à sa poitrine et se détourne pour cacher une larme.*) Eh bien! quoi? Qu'est-ce que tu as?

JEANNE.

Rien, rien.

RENÉ.

Allons! bon! des larmes à présent! (*Il remonte au fond.*)

JEANNE, *éclatant en sanglots.*

René, laisse-moi retourner auprès de ma mère...

RENÉ.

Pourquoi faire?

JEANNE.

Je t'en prie.

RENÉ.

Ah ça, qu'est-ce que c'est que ces tuiles-là?... que signifie cette lubie?

JEANNE.

Il y a six mois que je ne l'ai vue, René!

RENÉ.

Mais enfin, à propos de quoi me dis-tu cela? à propos de piqûres d'aiguilles?... c'est inouï! je rentre tranquillement, je ne demande que la paix, et voilà une scène, des larmes! Quelle rage ont donc toutes les femmes de se crucifier ainsi!

JEANNE, *s'asseyant.*

Laisse-moi retourner chez ma mère!

RENÉ.

Oui... pour aller te plaindre de moi, n'est-ce pas?... Avec ça que ta mère m'aime déjà, ça fait peur! Eh bien, je ne risquerais rien avec vous deux, cet hiver à la veillée, on parlerait de moi comme du loup garou, et à la foire prochaine, on vendrait des petits Noirel à surprise pour faire peur aux enfants...

JEANNE, *que sa douceur commence à abandonner.*

René, ma mère n'est ni bête, ni méchante, entendez-vous?

RENÉ.

Bête? oh! non, elle ne l'est pas, elle est fine au contraire comme une paysanne qu'elle est!

JEANNE, *avec amertume.*

Comme une paysanne qu'elle est! Eh bien, oui, elle est paysanne; je suis paysanne aussi, moi; pourquoi m'avez-vous prise?

RENÉ.

Ah! je ne sais pas, par exemple.

JEANNE, *dans ses dents.*

Je le sais bien, moi...

RENÉ.

Expliquez-vous.

JEANNE, *avec crainte.*

Non...

RENÉ, *avec colère.*

Je le veux!

JEANNE, *se montant par degrés au milieu de ses larmes.*

Eh bien! moi, je veux retourner auprès de ma mère.

RENÉ, *avec un calme dédaigneux.*

Vous êtes folle!

JEANNE, *se radoucissant.*

René, je te jure que je ne me plaindrai pas, que je dirai à ma mère que tes affaires te retiennent à Paris, et que tu ne peux pas le quitter.

RENÉ

Et je vous dis, moi, que vous ne saurez pas tenir votre langue, ni résister au désir de vous poser en victime, et que tout le pays hurlera après moi, et que madame Marguerite arrivera ici avec ses gros sabots, qu'il me faudra entendre ses criailleries, et finir par l'envoyer à tous les diables, et c'est ce que je veux éviter. Par conséquent, vous resterez ici, et vous ne lui écrirez pas. Peut-être l'avez-vous fait déjà malgré ma défense; mais, en ce cas, tant pis pour votre mère, je vous en préviens. Mais en voilà assez, qu'il ne soit plus question de tout cela. (*Un temps. Jeanne pleure en silence. Il retourne à son bureau.*) Est-ce qu'il n'y a plus d'argent ici?

JEANNE *vide sa poche sur la table en essuyant ses larmes. René, après y avoir donné un coup d'œil, tire un louis de sa poche et le jette sur la table. Jeanne, après un mouvement douloureux.* Merci, René. On me payera demain.

RENÉ.

Comment? on vous payera? vous travaillez donc pour de l'argent à présent?

JEANNE, *étonnée.*

Mais, sans doute.

RENÉ.

Ah! je m'explique ces piqûres d'aiguilles; mais vous savez que je n'entends pas que vous alliez dans des magasins... je ne me soucie pas que l'on vous rencontre en grisette. Je ne veux pas, enfin, que l'on puisse dire : La femme de René Noirel travaille pour vivre.

JEANNE, *comme à elle-même.*

Ah! c'est trop fort!...

RENÉ.

Vous avez entendu? je ne le veux pas! (*Il va reprendre son chapeau.*)

JEANNE, *éclatant.*

Eh bien, moi, je ne veux pas vivre d'emprunts plus longtemps. J'ai mon orgueil comme vous avez le vôtre; et je ne veux plus du pain que vous jettent vos amis et vos usuriers!

RENÉ, *avec colère.*

Jeanne... vous oubliez que je suis le maître ici.

JEANNE, *avec des larmes.*

Le maître!... Oui, c'est vrai!... car vous me traitez comme une servante!... et tenez, ce louis, reprenez-le... Jeanne la paysanne ne veut pas de votre aumône. (*Elle jette le louis à terre.*)

RENÉ, *rentrant avec fureur.*

Insolente!... (*Il lui saisit le bras; dans ce mouvement la manche de la robe de Jeanne se trouve déchirée.*)

JEANNE, *avec un cri.*

Ah!...

RENÉ, *se calmant tout à coup, avec ironie.*

Ecrivez donc à votre mère que je vous ai battue!... (*Il entre avec colère dans la chambre à droite.*)

SCÈNE VII.

JEANNE, *puis* GRINCHEUX, *ensuite* MARGUERITE.

(*Moment de silence pendant lequel Jeanne, tout en essuyant ses larmes, essaye machinalement de rapprocher les morceaux de sa robe déchirée, avec des épingles. Grincheux entre tout essoufflé.*)

GRINCHEUX.

Mam' Jeanne, mam'!... Ah! vous voilà! Seigneur Dieu!... si vous saviez?... mais soyez sans crainte, on m'a bien recommandé de vous apprendre ça avec ménagement... Marguerite, votre mère!

JEANNE.

Eh bien?

GRINCHEUX.

Elle monte l'escalier.

JEANNE, *suffoquée.*

Ma... Margue... ma mère... (*tombant dans les bras de Marguerite qui entre*) ma mère!...

GRINCHEUX, *à part.*

Je crois que je n'ai pas encore pris assez de précautions.

MARGUERITE.

Ma Jeanne!... ma fille chérie? (*Elle l'embrasse.*)

GRINCHEUX.

Ah! quel tableau!... (*S'attendrissant.*) Adieu, mam' Marguerite.

MARGUERITE.

Adieu, mon garçon, merci!

GRINCHEUX, *commençant à pleurer.*

Adieu! mam' Jeanne : je vous laisse parce que... je me connais .. moi... de vous voir comme ça... ensemble... (*sanglotant*) j'serais fichu de pleurer. (*Il sort au fond.*)

SCÈNE VIII.

MARGUERITE, JEANNE.

MARGUERITE, *l'embrassant de nouveau.*

Ma fille!... ma Jeanne! tu ne m'attendais pas, hein?...(*Tombant assise.*) Ouf!... mes pauvres jambes, elles ne sont plus habituées à porter ce bonheur-là.

JEANNE, *à genoux près de sa mère.*

Ma mère!

MARGUERITE.

Laisse-moi te regarder, t'admirer tout à mon aise! Ah çà! on dirait que t'as les yeux rouges et que t'es maigrie.

JEANNE.

Tu trouves?...

MARGUERITE, *souriant.*

C'est les fêtes, hein?... Ah! le soleil de nos champs brûle moins les couleurs que les quinquets de vos salons. (*Changeant de ton.*) Tu ne sais pas? en venant, je me disais : ils auront peut-être été danser à c'te nuit, il est encore de bonne heure, et ils seront sans doute à dormir comme des petits saint Jean; mais, ma foi, je n'y tenais pas, je suis venue tout de même.

JEANNE, *regardant du côté de la chambre à droite avec une inquiétude qu'elle cherche à dissimuler.*

Tu as joliment bien fait.

MARGUERITE.

Et puis, j'ai eu une autre idée... Ah! mais celle-là... c'est... c'est une mauvaise... j'ai pensé malgré moi... mais ça n'a été qu'un éclair, j'ai pensé au voyage de la pauvre vieille Noirel et je me suis dit : s'ils allaient me mettre à la porte.

JEANNE, *plus troublée.*

Ma mère!...

MARGUERITE, *riant.*

Hein!... est-ce bête... (*L'embrassant.*) Oh! mon bijou! tu ne m'en veux pas... hein?

JEANNE.

Oh!

MARGUERITE, *gaiement.*

Eh ben! donne-moi un verre d'eau...

JEANNE.

Tout de suite.(*Elle court au buffet, interroge en cachette de Marguerite plusieurs bouteilles vides. Pendant ce temps Marguerite a jeté un coup d'œil dans la chambre.*)

MARGUERITE.

C'est drôle... (*Haut.*) Et les affaires ça va toujours bien, n'est-ce pas?

JEANNE, *avec honte.*

Oui.

MARGUERITE, *à part, rassurée.*

C'est qu'ils placent de l'argent.

JEANNE, *avec embarras, en lui présentant un verre d'eau.*

Dis donc, ma mère, je ne veux pas que tu boives de l'eau.

MARGUERITE.

Mais, moi je ne veux pas boire autre chose.

JEANNE, *lui tendant le verre.*

Tu n'as pas chaud?

MARGUERITE, *se levant.*

Non, non... Ah! me voilà tout à fait bien... mais ce n'est pas tout ça, j'ai quelque chose à te dire.

JEANNE, *toujours inquiète.*

Quoi donc?... (*A part.*) Si René pouvait s'en aller par l'autre porte.

MARGUERITE.

Dans toutes tes lettres tu me dis que ton mari est bon, dévoué, aimant!... et, ma foi! à la fin ça m'a donné une idée, ça a été long, mais enfin ça est venu. Tu me disais aussi que René cherchait tous les moyens de te rendre heureuse, eh bien, j'y en apporte un de plus, moi, Jeanne, nous ne nous quitterons plus. (*Jeanne inquiète la regarde sans parler. — Avec une joie contenue et à demi-voix.*) Je viens vivre avec vous. Ah! je ne vous serai pas à charge, je suis encore forte, tu renverras ta servante et je la remplacerai... je ferai tout ce qu'on voudra, tout pour ne plus te quitter... tu sais?... les vieilles gens, quand ça a une idée en tête... et dame, s'il me fallait encore me séparer de toi...

JEANNE.

Ma mère!

MARGUERITE.

Ah! je ne dis que des bêtises, je parle; je parle: à ton tour, mon ange chéri; mais d'abord, laisse-moi te manger un peu. (*Elle l'embrasse.*) Où est ton mari? est-ce qu'il est déjà allé travailler?... hein?... non?... eh bien! alors... Ah çà, mais, qu'as-tu donc?...

JEANNE, *avec douleur.*

Oh! je ne peux plus! je ne peux plus!...

MARGUERITE.

Ah! mon Dieu! Jeanne... qu'y a-t-il?

JEANNE.

Il y a, ma mère, que votre fille est bien malheureuse!

MARGUERITE.

Malheureuse!... toi?...

JEANNE.

Ma mère!... j'aurais voulu vous le cacher plus longtemps, mais je n'en ai plus la force!...

MARGUERITE.

Malheureuse!... mais tu me trompais donc alors... quand... dans tes lettres... tu me disais... (*Elle sanglotte.*)

JEANNE.

René ne m'a jamais aimée, et il me hait aujourd'hui... tout à l'heure une scène affreuse...

MARGUERITE.

Pauvre enfant...

JEANNE.

Je ne le vois plus... je vis toute seule ici... à pleurer et à l'attendre; voilà ma vie, ma mère.

MARGUERITE.

Ce que je craignais est arrivé.

JEANNE.

Oh! c'est ma faute, je le sais, c'est ma faute; et à cette heure je n'ai pas le droit de me plaindre et de pleurer dans tes bras.

MARGUERITE, *la serrant contre son cœur.*

Pas le droit?... Mais si mes bras t'étaient fermés, qu'est-ce qu'il te resterait donc, pauvre enfant?

JEANNE.

Il me resterait à mourir, ma mère.

MARGUERITE, *éclatant en sanglots.*

Mon Dieu! mon Dieu! qu'est-ce que je vous ai donc fait?...

JEANNE, *avec effroi.*

C'est René... je l'entends!...

MARGUERITE, *essuyant ses larmes.*

Je vais lui parler.

JEANNE.

Non, pas aujourd'hui... demain.

MARGUERITE.

Demain?...

JEANNE, *avec égarement.*

Je vous en prie... parce que, voyez-vous, tout à l'heure il me disait que si... Je ne sais plus ce qu'il me disait... (*Marguerite fait un mouvement.*) Entrez là, dans cette chambre, il va s'en aller, et alors... (*La poussant vers la gauche.*) Va, va, je t'en supplie!

MARGUERITE.

J'y vais!... j'y vais!... mais calme-toi, ne crains rien... ta mère est près de toi. (*Elle entre dans la chambre de gauche: Jeanne se précipite à la fenêtre pour cacher son trouble. René paraît.*)

SCÈNE IX.

JEANNE, RENÉ, MARGUERITE, *cachée.*

RENÉ, *à part, en entrant.*

Pourquoi cet homme rôdait-il de ce côté? Voudrait-il se venger du préféré de Louise de Marennes? (*Apercevant Jeanne à la fenêtre.*) Que regardez-vous donc là?...

JEANNE.

Mais... rien...

RENÉ.

Attendez-vous quelqu'un?

JEANNE.

Non... (*Elle se retire de la fenêtre.*)

RENÉ.

Pourquoi alors êtes-vous si troublée?...

JEANNE.

Moi?... vous vous trompez. (*Elle va s'asseoir et prend son travail.*)

RENÉ.

Ah! c'est une façon de me renvoyer... Est-ce que vous voulez être seule?...

JEANNE.

Mais, mon ami, je vois que vous vous disposez à sortir...

RENÉ.

Et vous ne me retenez pas?

JEANNE.

Le pourrais-je?... et d'ailleurs, puisque vous sortez pour vos affaires...

RENÉ.

Oh! oh! vous êtes devenue bien raisonnable depuis une heure!

JEANNE.

Je ne sais ce que vous voulez dire.

RENÉ, *à part.*

Oh! je ne serai pas pris pour dupe toujours.

JEANNE, *à part.*

Il ne s'en va pas.

RENÉ, *qui l'épie.*

Que diable! madame, je ne me trompe pas! vous semblez inquiète... Tenez, vous pâlissez!...

JEANNE.

René, je vous en prie, laissez-moi... je suis un peu souffrante.

RENÉ.

Alors, je reste...

JEANNE, *vivement.*

C'est inutile!... (*Elle s'arrête.*)

RENÉ, *avec explosion.*

Ah!... (*D'une voix sourde.*) Ah çà, madame, me prenez-vous pour un niais?...

JEANNE.

Comment?...

RENÉ.

Croyez-vous que je ne devine pas ce qui se trame ici?...

JEANNE, *inquiète.*

Que pensez-vous donc?

RENÉ.

Je pense que si vous voulez retourner dans votre village, c'est que quelqu'un vous a offert de vous y conduire.

JEANNE, *à part.*

Ah! mon Dieu!... (*Elle jette à la dérobée un regard sur la porte de la chambre où est cachée Marguerite.*)

RENÉ, *suivant son regard.*

Pourquoi regardez-vous cette porte? (*Il se dirige vers la chambre.*)

JEANNE, *l'arrêtant.*

René!...

RENÉ.

Il y a donc quelqu'un là qui?... Mais qui donc?... (*Il s'élance vers la porte.*)

MARGUERITE, *paraissant.*

Ce n'est que moi, monsieur Noirel!...

SCÈNE X
Les Mêmes, MARGUERITE.

RENÉ.

Marguerite Provins!

MARGUERITE.

Oui, Marguerite Provins, qui sait maintenant comment vous traitez celle dont vous avez fait votre femme.

RENÉ.

Ainsi donc, malgré ma défense...

MARGUERITE.

Je suis venue de moi-même, et j'arrive à temps pour veiller sur ma fille!... pour vous empêcher de la faire mourir de chagrin.

RENÉ.

Que prétendez-vous faire?

MARGUERITE.

Ne plus la quitter! être sans cesse auprès d'elle... et nous verrons si vous osez devant moi...

RENÉ.

Madame!...

MARGUERITE.

Je ne suis pas une enfant, moi, qu'on fait trembler d'un regard... il s'agit de ma fille, que vous maltraitez!... que vous insultez... Est-ce pour cela que vous l'avez enlevée à sa mère!... avons-nous été vous chercher? .. non, c'est vous... ce sont vos perfides promesses qui ont arraché Jeanne de mes bras.

RENÉ.

Mes promesses!... oh! je ne suis pas dupe de la comédie que toutes deux vous avez si bien jouée.

MARGUERITE, se levant.

Une comédie!

RENÉ.

Eh! madame, au moment de mon départ du pays, quand Jeanne consentait à me suivre sans autre espoir que celui de devenir ma femme, si bon me semblait... n'est-ce pas vous qui vous êtes trouvée là fort à propos, ma foi! pour me forcer à lui donner ma main?

JEANNE.

Oh!

MARGUERITE, avec éclat.

C'est infâme ce que vous dites là!

RENÉ.

Plus bas, madame! Je suis ici chez moi! moi seul ai le droit d'y élever la voix!

MARGUERITE.

C'est ainsi que vous me parlez... Eh bien, je vous brave!

JEANNE.

Ma mère!

MARGUERITE.

René! vous êtes un homme sans cœur!... René, vous êtes un lâche!

RENÉ, furieux.

Sortez! madame! sortez!

JEANNE.

René, René! vous ne chasserez pas ma mère.

MARGUERITE.

Pourquoi pas! Il a bien chassé la sienne.

RENÉ.

Madame...

JEANNE.

Eh bien! je te suivrai ma mère, viens, partons!

RENÉ, l'arrêtant.

Jeanne, vous resterez, je le veux.

MARGUERITE.

Eh bien, moi aussi, je resterai près de ma fille! j'en ai le droit.

RENÉ, froidement.

Vous vous trompez, madame; ici, vous êtes une étrangère.

JEANNE.

Oh! mon Dieu! (Elle tombe assise près de la table.)

MARGUERITE.

Une étrangère! oui, c'est vrai! ma pauvre Jeanne, il a raison! tu ne m'appartiens plus... tu es à lui... Marguerite ne peut plus rien pour ton bonheur... tous mes droits, la loi les lui a donnés, il a juré devant elle de te protéger, de te rendre heureuse, il ne le fait pas, c'est un malheur, mais je n'ai rien à dire à cela. Il est le maître, et moi, je suis une étrangère, je t'ai donné la vie,

je t'ai bercée sur mes genoux, je t'ai appris ta première prière, je t'ai élevée jusqu'à vingt ans en t'entourant de soins et d'amour mais cet homme est venu, il t'a donné son nom, tu ne me dois plus rien, c'est à lui que tu dois tout, et Marguerite Provins n'est plus qu'une étrangère!

JEANNE, sanglotant.

Ma mère! ma mère!

MARGUERITE, un peu égarée.

Adieu, Jeanne... adieu, mon enfant!

JEANNE, à René, avec prière.

Monsieur! monsieur!

RENÉ, faisant un pas vers elle.

Marguerite!...

MARGUERITE, le repoussant.

Adieu, mauvais fils!... mauvais mari!...

RENÉ, dont la colère revient.

Madame!

MARGUERITE, regardant la toilette de René et avec une sorte de folie.

Vous allez en fête, René Noirel, amusez-vous bien...

JEANNE, effrayée.

Ma mère!...

MARGUERITE.

Adieu, adieu! (Elle sort vivement. Jeanne veut courir; mais les forces lui manquent, et elle tombe sur une chaise.)

RENÉ, s'élançant sur ses pas.

Marguerite, elle est partie!... (Jeanne est tombée en pleurant sur une chaise.) Dès que je serai sorti, sa mère reviendra. Eh bien! qu'elle revienne... qu'elle reprenne son enfant!... Aussi bien, j'ai assez de cette vie... (Il sort par la droite.)

SCÈNE XI.
JEANNE, puis MONTFLANQUIN.

JEANNE, pleurant.

Mon Dieu, mon Dieu, ma mère! elle est partie! et me voilà seule pour toujours. (On frappe; se retournant.) Mon Dieu! (Avec espoir.) Serait-ce donc? (Elle s'élance à la porte; Montflanquin paraît.) Monsieur Montflanquin!

MONTFLANQUIN.

Moi-même, belle dame, moi-même... J'attendais le départ de votre mari; il est même resté bien longtemps.

JEANNE.

Que voulez-vous, monsieur?

MONTFLANQUIN.

Cinq minutes... rien que cinq minutes d'entretien. Madame, je viens vous dire que votre mari est un sot... Il a une charmante femme, et il ne sait pas l'apprécier...

JEANNE.

Monsieur...

MONTFLANQUIN.

Pardonnez-moi d'abord le chagrin que je vais vous causer; mais c'est dans votre intérêt et dans le mien.

JEANNE.

Parlez, monsieur!...

MONTFLANQUIN.

En deux mots, voici ce qui m'amène : A l'heure qu'il est, monsieur René Noirel est plus assidu que jamais auprès de la comtesse Louise de Marennes.

JEANNE.

Est-il possible?... la comtesse?...

MONTFLANQUIN.

Voyez-vous, madame, la comtesse est implacable!... vous l'avez éclipsée, elle vous déteste; votre mari l'a bravée, elle a juré de l'amener à ses pieds soumis et repentant, et il y viendra.

JEANNE, à part.

O mon Dieu!

MONTFLANQUIN.

La comtesse fera tout pour que son triomphe soit complet... tout enfin pour reconquérir le prestige dont il l'a dépouillée un instant.

JEANNE.

Mais c'est affreux!...

MONTFLANQUIN.

Je vous l'ai dit, une coquette est implacable!... Ainsi, elle a parié qu'il la suivrait dans un voyage qu'elle va faire en Allemagne.

JEANNE.

Et vous pensez?...

MONTFLANQUIN.

Qu'il la suivra?... Ah! je vous en donne ma parole, car il en
est amoureux fou.

JEANNE, *avec douleur.*

Oh!

MONTFLANQUIN.

Mais il faut l'empêcher de partir, et je vous préviens pour
que vous vous chargiez de ce soin. Si vous échouez... demain,
à six heures du matin, monsieur René Noirel ira en prison...
J'ai de lui une lettre de change de dix mille francs que je lui ai
prêtés pour continuer son rôle de gentilhomme, et en même
temps pour le tenir en ma puissance! Ah! ah! ah! c'est fort
singulier! c'est une idée à moi... (*Bellotte entre suivie de Grincheux, ils restent au fond sans être vus.*)

SCÈNE XII.

LES MÊMES, BELLOTTE, GRINCHEUX.

BELLOTTE, *à part.*

Le voilà!... j'en étais sûre.

MONTFLANQUIN.

Maintenant, si vous voulez savoir pourquoi je prends tant de
soucis de ce qui touche la comtesse, je vous dirai tout bonnement que je l'adore...

BELLOTTE, *à part.*

Ah! ah!...

MONTFLANQUIN.

Si vous saviez tout ce que j'ai fait pour elle!... si je vous disais, madame, que pour obéir à la comtesse et ménager sa réputation, je mets en avant, depuis quatre mois, une espèce de
villageoise... une niaise... que vous connaissez... elle s'appelle
Bellotte Taupier.

BELLOTTE.

Hein!

MONTFLANQUIN.

Une fille dont les ridicules nous amusent au delà de toute ex-
pression : à laquelle j'ai persuadé qu'elle était de noble race et
qu'elle pouvait être lectrice!... sans savoir lire, ce qui est plus
fort... à laquelle, enfin, j'ai donné maison, chevaux, voiture...
et tout cela, je vous le répète, pour ne pas compromettre cette
petite comtesse!... (*Riant.*) Ah! ah! ah! n'est-ce pas fort singulier?

GRINCHEUX, *au fond, rageant.*

Oh!...

MONTFLANQUIN, *à Jeanne, riant.*

Comment!... vous ne riez pas?... vous ne... (*Changeant de
ton, regardant Jeanne.*) Eh! mais, quelle pâleur!... Mon Dieu!...
madame, croyez...

JEANNE, *qui depuis un instant pleurait en silence, changeant tout
à coup de contenance.*

Merci, monsieur, merci. Oh! mon Dieu! mon Dieu! j'ai reçu
le dernier coup. (*Elle rentre dans sa chambre, à gauche.*)

SCÈNE XIII.

BELLOTTE, GRINCHEUX, MONTFLANQUIN.

MONTFLANQUIN, *allant pour sortir.*

Bellotte!

BELLOTTE.

A nous deux, monsieur de Montflanquin.

GRINCHEUX, *se frottant les mains.*

Je crois que ça va chauffer!

BELLOTTE, *avec une colère sourde.*

Ah! je suis une espèce de villageoise.

MONTFLANQUIN, *riant.*

Elle a tout entendu!

BELLOTTE.

Ah! je ne suis pas de noble race! et Calypso ma mère n'était
qu'une balançoire!

GRINCHEUX.

Peut-on jouer avec des choses aussi sacrées!

BELLOTTE.

Ah! vous m'avez prise pour ne pas compromettre cette petite
bégueule de Louise de Marennes! Ventre de biche, monsieur de
Montflanquin, vous êtes un polisson...

MONTFLANQUIN, *riant.*

Eh! la! la!

BELLOTTE.

Un manant! un rien du tout!

MONTFLANQUIN, *riant aux éclats.*

Ah! ah! ah!... c'est drôle, très-original!

BELLOTTE.

Ah! tu m'as exhibée comme René a exhibé sa femme!... ah!
toi aussi tu m'as traitée comme une chinoiserie!... ah! il faut
savoir lire pour être lectrice et ta vieille tante était une couleuvre? ah! tu m'as donné... maison, bijoux, etc. pour te ficher de
moi?... eh bien, les voilà tes bijoux... les voilà tes dentelles...
le voilà ton chapeau de tambour major... le voilà, ton parapluie
pour le soleil... (*Elle se dépouille et lui jette le tout sur la table.*)

GRINCHEUX, *se dépouille de sa livrée.*

Voilà votre livrée!...

BELLOTTE.

Je te rends tout.

GRINCHEUX.

Oui, tout... (*Il va pour défaire son collant et s'arrête.*) Non, ce
sera pour plus tard.

BELLOTTE, *avec dignité.*

Je sors; adieu, Montflanquin.

MONTFLANQUIN.

Adieu, Calypso!... (*Bellotte sort furieuse, Montflanquin sort
en riant aux éclats.*)

SCÈNE XIV.

GRINCHEUX, *puis* JEANNE.

GRINCHEUX.

Madame Noirel!... mon Dieu!... qu'a-t-elle donc? est-ce que
vous êtes malade, Jeanne?

JEANNE.

Moi... non... une faiblesse... mais ce n'est rien... ça va se
passer... Sylvain, je suis bien aise de te trouver là... veux-tu me
rendre un service, mon ami?...

GRINCHEUX.

Toujours, madame Jeanne.

JEANNE.

Je vais... sortir. Ce soir, tu iras chez madame Louise de Marennes... tu y trouveras mon mari, et tu lui remettras cette lettre.
(*Elle la lui donne.*)

GRINCHEUX, *la prenant.*

Je lui dirai aussi de revenir, que vous n'êtes pas bien...

JEANNE.

Non... non... ne lui dis rien... ne le dérange pas... Tiens,
prends ça, je te le donne. (*Elle lui met quelque chose dans la
main.*) Je ne suis pas riche, tu le sais... aussi pardonne-moi si
je ne reconnais pas, comme je le voudrais, ce que tu as fait pour
moi.

GRINCHEUX.

Quelle farce! est-ce que j'ai besoin?...

JEANNE.

Tu feras... ce que je te prie de faire, n'est-ce pas?...

GRINCHEUX, *avec inquiétude.*

Oui... mais!... (*Il fait un pas vers elle.*)

JEANNE, *l'arrêtant.*

Ne me suis pas, Grincheux.

GRINCHEUX, *de même.*

Non; cependant... (*Éclatant.*) Mon Dieu! mon Dieu! pourquoi
donc me donnez-vous votre petite croix qui vous vient de votre
mère?

JEANNE, *souriant.*

Parce que je n'ai pas autre chose... voilà tout... Adieu, Grincheux.

GRINCHEUX.

Adieu!...

JEANNE, *avec effort.*

Au revoir! au revoir! (*Elle s'éloigne en faisant un dernier
signe d'adieu à Grincheux qui reste comme pétrifié.*)

ACTE V.

Le théâtre représente un petit salon.

SCÈNE I.

*Au lever du rideau, les salons du fond sont remplis de monde, et
l'on entend la musique du bal dans le boudoir. Des joueurs oc-
cupent une table à deux places à droite ; au premier plan, à
gauche,* HENRI *et* MONTFLANQUIN.

HENRI.

Encore dix louis de perdus. (*Mettant de l'argent au jeu.*) C'est
drôle de perdre son argent en mesure... Ris donc, Montflan-

quin, puisque tu gagnes... sois gentil pour tes invités ! que
diable !

MONTFLANQUIN.

Oh ! mes invités ! je ne suis pas encore chez moi.

HENRI, *riant.*

Oh ! pas encore, fat !

MONTFLANQUIN.

Eh ! eh !

HENRI.

Mon cher, ce n'est, par Dieu, pas pour toi que madame
de Marennes a mis des perles dans ses cheveux et de gracieux
sourires sur ses lèvres.

MONTFLANQUIN.

Et pour qui, s'il vous plaît ?...

HENRI.

Pour le lion laboureur, monsieur René Noirel.

MONTFLANQUIN.

D'abord il est probable qu'il ne viendra pas, et s'il vient, tant
pis pour lui ; car, si je vois que René a des chances auprès de la
comtesse, si elle lui accorde seulement un sourire... crac, à six
heures du matin, je fourre mon rival à Clichy.

HENRI, *riant.*

Ah ! tu m'en diras tant...

SCÈNE II.

LES MÊMES, SAINT-LAURENT

SAINT-LAURENT.

Bonsoir, messieurs... permettez que je souffle un peu.

RAOUL.

Est-ce que ta maudite blessure ?...

SAINT-LAURENT, *se levant.*

N'en dites pas de mal, messieurs, je vous en souhaite à tous
autant.

HENRI, *riant.*

Bien obligé.

SAINT-LAURENT.

Mais je ne plaisante pas du tout... on ne saurait croire comme
un coup d'épée bien placé vous pose un homme... Moi, j'ai eu la
chance de recevoir celui-là en pleine poitrine, ce qui me permet
de temps à autre d'y porter la main comme ceci... avec un
sentiment de douleur contenue... et aussitôt, je vois une tendre
inquiétude illuminer les yeux de ma danseuse, et j'entends sa
douce voix m'interroger avec empressement... — Ah ! mon
Dieu, monsieur ! vous souffrez !... la danse vous a fait mal...
c'est moi qui suis cause !... — Alors, je fais un effort héroïque,
je rassure ma charmante inquiète, de façon à l'inquiéter davantage, et je murmure un : *ce n'est rien,* qui lui donne à penser
que je vais lui mourir entre les bras.... C'est ravissant....
voyez-vous ! une blessure... il n'y a que ça d'intéressant au
monde... on peut être assuré d'une bonne fortune par chaque
coup d'épée, et pour posséder toutes les plus jolies femmes de
Paris, il suffirait... d'être percé à jour.

HENRI, *riant.*

Ah ! ah ! ah !... quel fou que ce Saint-Laurent !

MONTFLANQUIN, *riant.*

Ah ! ah ! ah ! c'est fort singulier.

SAINT-LAURENT.

Tiens, tu as donc retrouvé ton mot, toi... tu l'avais perdu...

MONTFLANQUIN.

Non, je l'avais prêté à Calypso, et je le lui ai repris en rom-
pant avec elle.

SAINT-LAURENT.

Bah ! c'est fini ?

MONTFLANQUIN.

Ma foi, oui... maintenant, au contraire, je veux compromettre
la comtesse pour la forcer à m'épouser.

SAINT-LAURENT.

Messieurs, madame de Marennes se dirige de ce côté... Ah !
je vous dirai que je ne sais pas ce qu'elle a... jamais je ne l'ai
vue si gaie... elle est adorable.

SCÈNE III.

LES MÊMES, LA COMTESSE (*tous vont au devant d'elle et la
saluent*).

LA COMTESSE.

Eh bien, messieurs, que faites-vous donc ? vous ne jouez
pas... vous ne dansez pas ?

MONTFLANQUIN.

Nous parlions de vous, comtesse.

HENRI.

Saint-Laurent nous disait que vous sembliez heureuse ce soir,
plus heureuse que jamais.

LOUISE.

Oui, c'est vrai.

MONTFLANQUIN.

Et peut-on savoir d'où vous vient ce bonheur ?

LOUISE.

Ah ! ma foi, cherchez sur le calendrier.

MONTFLANQUIN.

Comment ?

LOUISE.

Non, allez... Cherchez plutôt dans mon cœur.

MONTFLANQUIN.

Eh ! le puis-je, puisqu'il m'est fermé ?...

LOUISE.

Tiens, ce n'est pas trop mal ceci. (*Elle va s'asseoir à gauche.*)
Allons, mon cher Dorat, avancez-moi un coussin ! (*Gaiement.*)
Voyons messieurs, en attendant monsieur Noirel, dites-moi
quelque chose d'amusant... à vous trois... En vous gênant un
peu... Cette musique, ces fleurs, ces femmes, est-ce que cela ne
vous dit rien ?... Est-ce que cette température qui pourrait
faire éclore des vers à soie, n'est pas capable de faire éclore un
madrigal ou un bouquet à Chloris ! Vous, Saint-Laurent, est-ce
que vous n'avez pas dans un coin de votre cervelle quelqu'une
de ces bonnes fantaisies qui n'ont de sens dans aucune langue ?
Voyons, monsieur, fouillez-vous.

SAINT-LAURENT.

Oh ! c'est inutile, comtesse, nous n'aurions pas pour vous
rendre.

LA COMTESSE.

C'est incroyable ! quand messieurs les hommes ont mis un
habit noir et des gants blancs, ils se croient quittes envers nous.
Comment ! vous ne me tirerez pas le plus petit feu d'artifice de
bons mots ou d'historiettes ? Est-ce qu'il a plu sur votre gaieté
qu'elle ne part pas ?... Mais au contraire, elle est partie avec les
mouches, la poudre, les habits à paillettes et les carlins ! L'esprit
est mort et vous portez de petits habits noirs en signe de deuil.
Un point, ouf !...

MONTFLANQUIN.

Mais qu'avez-vous donc, comtesse ?

LA COMTESSE.

Je n'en sais rien. J'ai du vague à l'âme, une crainte, un
espoir, je ne sais trop quoi, quelque chose là dedans comme le
chaos, la fin du monde ou le commencement ; de la tristesse et
de la gaieté mêlées ! Il me semble que mon cœur s'est décroché,
que je l'ai laissé tomber en valsant, et je tremble à la pensée
qu'il me sera rapporté peut-être par un monsieur à favoris roux
et à lunettes d'or que je serai forcée d'épouser à cause de la
pantoufle de Cendrillon. (*Riant aux éclats.*) Montflanquin, je
parie un baiser contre vos breloques que je suis une excellente
femme...

MONTFLANQUIN, *s'inclinant.*

Comtesse...

LA COMTESSE.

Vous tenez le pari ?...

MONTFLANQUIN.

Certainement ! C'est-à-dire, non... je... ne... (*A part.*) Je
n'y comprends rien du tout.

SAINT-LAURENT.

Ah ! comtesse, je vous annonce M. René Noirel.

LA COMTESSE, *à part.*

Enfin ! Mon Dieu ! réussirai-je ?...

MONTFLANQUIN, *à part.*

Ah ! il est venu ! Eh bien, ma foi ! tant pis pour lui... C'est un
homme coffré...

SCÈNE IV.

LES MÊMES, RENÉ, *entrant de droite.*

RENÉ, *saluant.*

Madame la comtesse...

LA COMTESSE.

Bonsoir, monsieur René ; vous avez donc aussi un crêpe à votre chapeau, vous ?...

RENÉ.

Que voulez-vous dire, madame ?

LOUISE.

Je veux dire que vous avez l'air aussi désolé que ces messieurs.
Moi qui comptais sur vous pour nous amuser.

RENÉ.

Plaît-il ?

LA COMTESSE.

Allons, allons, ne vous fâchez pas. Qu'est-ce qui vous arrive ?

MONTFLANQUIN.

Un parent de la campagne, peut-être.

RENÉ.

Pardon, monsieur, mais je ne vous parle pas !

LOUISE.

Oh ! comme tous ces gens-là sont désagréables !

RENÉ, *bas à Louise.*

Vous ne parleriez pas ainsi, Louise, si vous saviez ce que me coûte mon amour pour vous.

LOUISE.

Si vos moyens ne vous permettent pas de continuer...

RENÉ.

Toujours vos airs railleurs.

LOUISE.

Est-ce que ça me va mal ?

RENÉ.

Louise, de grâce, ne riez pas, car, je vous le jure, j'ai besoin de consolations.

LA COMTESSE.

Ici, dans un bal ? quelle folie ! Ce soir, demandez-moi une valse, une polka ! mais des consolations, je vais vous inscrire pour demain.

RENÉ.

Ah ! vous n'avez pas de cœur, Louise... vous croyez... (*A Montflanquin.*) Monsieur ! Pardon, seriez-vous assez bon pour aller voir là-bas si le plaisir s'y trouve ?

MONTFLANQUIN.

Ah ! ventre de biche !

HENRI.

On se moque des gens, ici. Gare aux éclaboussures, je m'en vais.

SAINT-LAURENT.

Ma foi, je vais continuer de négocier mon coup d'épée. Viens-tu, Montflanquin ?

MONTFLANQUIN.

Mais, non.

LOUISE.

Je vous en prie.

MONTFLANQUIN.

Mais, comtesse, vous me torturez à plaisir.

LOUISE.

Monsieur de Montflanquin... dans huit jours je serai votre femme.

RENÉ.

Comment !

MONTFLANQUIN.

Il se pourrait ? Ah ! comtesse... je...

LOUISE.

Vous me rédigerez ça plus tard. A bientôt.

SAINT-LAURENT.

Mes compliments, mon cher.

MONTFLANQUIN.

Ma foi, messieurs, je suis abruti ; vous me croirez si vous voulez.

HENRI.

Nous voulons bien.

MONTFLANQUIN.

Allons, monsieur Réné Noirel n'ira pas à Clichy. (*Ils sortent par le fond tous les trois. On ferme les rideaux.*)

SCÈNE V.

RENÉ, LOUISE.

RENÉ.

Madame, daignerez-vous me dire si je rêve.

LOUISE.

Non, monsieur René, vous êtes bien éveillé, et moi aussi.

RENÉ.

De grâce, madame, ne vous jouez pas ainsi de moi ; car, je vous le jure, j'ai trop souffert déjà.

LOUISE, *avec intention.*

Avez-vous été seul à souffrir ?

RENÉ, *vivement.*

Comment ?

LOUISE, *souriant.*

Je ne vous parle pas de moi. Écoutez, j'aborde franchement la question... Ma police m'a appris une foule de choses vilaines comme tout, et d'abord votre femme n'est pas auprès de sa mère comme vous nous l'aviez fait accroire.

RENÉ.

Qui vous a dit...

LOUISE.

Le nom n'y fait rien ; c'est historique, voilà le principal, et, ma foi, je vous avoue que je ne veux pas collaborer davantage à ce petit drame intime... S'il finit mal ce sera donc votre faute, et je vous laisserai nommer tout seul, je vous en préviens.

RENÉ.

Mais, madame...

LOUISE.

Attendez, je n'ai pas l'habitude de faire de la morale, et si vous m'interrompez, je ne pourrai plus m'y reconnaître. Monsieur René, hier encore c'était entre nous une lutte d'orgueil ; aujourd'hui je n'ai plus le courage de la continuer, car je m'aperçois que, comme toujours, ce sont les innocents qui payent les frais de la guerre.

RENÉ.

Comment ?

LOUISE.

C'est bien simple : nous deux nous sommes à l'abri de tout, nous ne risquons rien et savez-vous pourquoi ?

RENÉ.

Eh bien ?

LOUISE.

Eh bien ! c'est que nous n'avons de cœur ni l'un ni l'autre.

RENÉ.

Louise !

LOUISE.

Ah bah ! nous sommes seuls. (*Elle s'assied à droite, et rit.*) Du reste, vous en avez eu un, j'en suis sûre, et moi aussi autrefois... C'était en... la date m'échappe, ça remonte au moyen âge ; enfin, j'en ai eu un ; mais je me suis aperçue un beau jour que c'était un bijou presque inutile dans notre monde, et, ma foi, je l'ai mis en gage, on m'a prêté de l'esprit dessus, qu'est-ce qu'on vous a prêté sur le vôtre ? de l'orgueil, n'est-ce pas ? beaucoup d'orgueil ; mais votre femme, votre petite Jeanne, elle a gardé le sien ; elle y tenait. Que voulez-vous ! au village... Si bien que Jeanne a beaucoup souffert et beaucoup pleuré, et qu'il est bien temps que ses larmes s'arrêtent. Est-ce que vous n'êtes pas de mon avis ?

RENÉ.

Madame, ce langage...

LOUISE.

C'est le langage du cœur, une réminiscence pour cette fois seulement. René, croyez-moi, quittons la partie commencée ; nous n'y gagnerions ni l'un ni l'autre, nous trichons tous les deux. Au bout du compte Jeanne mérite bien qu'on l'aime un peu ; allez consulter des experts ; je conviens qu'elle n'a aucun des défauts que les hommes aiment généralement à trouver chez une femme, mais enfin, résignez-vous ; elle est fidèle... Eh bien, quoi ! passez lui ça ; elle n'est ni coquette, ni capricieuse, ni volontaire ; mais elle est jeune, elle se corrigera peut-être ; et enfin elle est aimante, dévouée, elle serait capable de mourir pour vous, je le reconnais ; mais que voulez-vous, mon cher, une femme n'est pas parfaite.

RENÉ.

Trêve de raillerie, madame.

LOUISE.

Plaignez-vous donc quand ma raison veut bien mettre un masque souriant pour ne pas trop vous effrayer. Allons, monsieur Noirel, un bon mouvement, un peu de cœur ; je ne le dirai pas ; retournez auprès de Jeanne, auprès de votre petite femme, qui vous attend peut-être à cette heure accoudée tristement à sa fenêtre ouverte. Allez, et le passé sera bien vite oublié par elle ; car ces anges-là ont toujours un pardon aux lèvres à donner en échange d'un baiser. Ça vous étonne, n'est-ce pas, de m'entendre parler ainsi, moi, la comtesse Louise de Marennes, la femme légère et frivole. Eh ! mon Dieu ! cette femme, la connaissez-vous bien, René ? qui vous dit que chacun de ses sourires ne voile pas une larme, que chacune de ses folies n'est pas là pour cacher une souffrance nouvelle ? J'ai manqué ma vie, ne manquez pas la vôtre. Croyez-moi, René, le bonheur n'est pas dans les enivrements du luxe, dans le triomphe de l'orgueil ; il est dans la paix de l'âme qui suit le devoir accompli ; il préside aux fêtes de la famille ; il brille dans les yeux de la femme aimée, de l'épouse chaste et pure, et plane sur le berceau de l'enfant endormi. Enfin, comme le grillon domestique, il ne chante bien que dans les cendres du foyer.

RENÉ.

Louise !

LOUISE.

Eh bien ! ce bonheur-là, il est à vous ! il vous tend les bras, ne le repoussez pas, René, ne vous préparez pas des remords éternels ; car, songez-y, contre le désespoir la religion elle-même est quelquefois impuissante ; et si Jeanne, en présence de son bonheur brisé, en venait à ne plus écouter que sa douleur...

RENÉ.

Que voulez-vous dire ?

LOUISE.

Si Jeanne voulait mourir...

RENÉ.

Mourir ! elle ! Oh ! taisez-vous ! cette pensée est horrible !

LOUISE.

Oui, n'est-ce pas ? Et vous me comprenez maintenant. Au revoir, René ; songez à ce que je vous ai dit, et pardonnez-moi ! Aujourd'hui, je suis superstitieuse ; je crois aux avertissements. Votre main, René.

RENÉ.

Madame !

LOUISE.

Il a pâli, il est ému... oh ! maintenant j'espère.

SCÈNE VI.

RENÉ, GRINCHEUX.

RENÉ.

Je ne sais ce que j'éprouve, mais moi aussi j'ai peur ; son désespoir, a-t-elle dit, pourrait entraîner Jeanne, Jeanne pourrait mourir, mourir ! elle !

GRINCHEUX, entrant.

Ah ! c'est vous, monsieur René ; j'avais une lettre pour vous : madame Marguerite l'a prise.

RENÉ.

Une lettre ! de qui ?

GRINCHEUX.

D'elle... oh ! c'est triste, allez ! Elle avait de l'amitié pour moi, car elle m'a donné un souvenir, une relique à elle. Je ne me doutais de rien ; mais quand j'ai su, j'ai couru comme un fou au bord de la rivière, appelant et criant, mais personne n'a répondu. Oh ! elle est morte ! bien sûr, elle est morte !

RENÉ.

Morte ! morte ! qui donc ?

SCÈNE VII.

LES MÊMES, MARGUERITE.

MARGUERITE, la lettre à la main.

Ma fille, monsieur Noirel.

RENÉ, à part.

Dieu !

MARGUERITE.

Vous ne veniez pas, je viens vous chercher, monsieur. Il faut aller faire votre déposition : c'est vous que ça regarde, vous êtes le mari de la défunte.

RENÉ, avec désespoir.

Mon Dieu ! je l'ai tuée !

MARGUERITE, montrant la lettre.

Oui, vous l'avez tuée ! vous avez tué ma Jeanne, ma fille ! ma fille ! ma fille ! et c'est ici, au milieu d'une fête, que je suis obligée de venir vous chercher ! au bal ! Il est au bal pendant que ma pauvre enfant descend la rivière. Grâce à lui, la mère n'a plus de fille, et Marguerite ne pourra même pas prier sur une tombe !

RENÉ, avec désespoir.

Jeanne ! Jeanne ! oh ! non, c'est impossible !

MARGUERITE.

Impossible !... mais lisez donc !

RENÉ, lisant.

« René, vous m'avez fait bien du mal ! J'ai tout souffert, tant que j'ai cru que vous pouviez m'aimer. C'est impossible, je le vois : il ne me reste plus qu'à mourir. Adieu, je vous pardonne.

» JEANNE. » (Il sanglote.

MARGUERITE.

Pleurez sur elle, bientôt vous pleurerez sur moi, car le bon Dieu ne peut pas me laisser toute seule ici, tandis que ma fille est là haut. Oh ! non, ou bien ce serait à douter de sa bonté, de sa... Mais, non, ne m'écoutez pas, mon Dieu, je ne doute pas de vous. Je suis une croyante ; (elle tombe à genoux) vous m'aviez donné un enfant, vous me l'avez repris, mon Dieu, je vous aime ; vous avez brisé ma vie et mon cœur, mon Dieu, je vous aime ; je n'ai plus rien que mes pleurs, mon Dieu, je vous aime.

LOUISE, qui est entrée.

Et vous avez raison, Marguerite, car il vous rend votre enfant. Dieu, qui veillait sur elle, m'a permis de la sauver. (Jeanne paraît. Mouvement.)

MARGUERITE, qui était comme pétrifiée, pousse un cri étouffé ; Jeanne se précipite dans ses bras.

Mon enfant ! mon Dieu, je vous aime !

JEANNE.

Ma mère ! ma mère !

MARGUERITE.

Oui, c'est toi ! c'est bien toi ! et c'est vous qui... ah ! brave femme. (Elle l'embrasse.)

LOUISE.

Je n'oublierai jamais ce baiser-là, Marguerite.

MARGUERITE.

Adieu, madame. (A René, en saisissant Jeanne.) Ah ! vous ne l'aurez plus...

RENÉ.

Non ! non, Marguerite... ne craignez rien... je le sens, je suis indigne d'elle... indigne même de son pardon... vous ne me verrez plus, vous n'entendrez plus parler de moi... je vous le jure ; Jeanne, Marguerite, adieu pour toujours...

MARGUERITE, à Jeanne.

Viens ! viens ! (Jeanne se laisse entraîner ; René tombe en pleurant sur le canapé.)

LOUISE, arrêtant Jeanne et Marguerite.

Vous partez, Jeanne ; ne vous souvenez-vous plus que si vous avez consenti à vivre, c'est parce que je vous ai crié : Jeanne, ton mari se repent, ton mari t'aimera, et maintenant, que tu vois ses larmes, tu l'abandonnerais, Jeanne ! non, non, c'est impossible.

MARGUERITE.

Madame !

LOUISE, à Marguerite.

Et vous, Marguerite, vous voulez les séparer ; mais, croyez-vous donc que toute votre tendresse puisse étouffer dans son cœur les souvenirs et les regrets... Non... non, Marguerite, Jeanne souffrira loin de lui, car elle l'aime encore.

MARGUERITE.

Ah !... vous croyez ! (Regardant Jeanne.) Jeanne... (Lâchant la main de sa fille.) Vous avez raison, madame ; pour nos enfants, il vient un jour où le bonheur qu'ils goûtent près de nous ne vaut plus les chagrins qu'ils trouvent près des autres. (Avec résignation.) C'est Dieu qui l'a voulu... car il a dit à la femme : Tu quitteras ton père et ta mère pour suivre ton époux... René, reprenez donc votre femme !...

RENÉ.

Jeanne, le permettez-vous ?...

JEANNE.

René, ne faites plus pleurer ma mère... (René se jette aux pieds de Jeanne.)

FIN.